我和老总
真的没关系

二二/著

陕西师范大学出版社

图书在版编目（CIP）数据

我和老总真的没关系/二二著. —西安：陕西师范大学出版社，2006.12
ISBN 7-5613-3695-0

Ⅰ. 我… Ⅱ. 二… Ⅲ. 办公室—人际关系学—通俗读物
Ⅳ. C912.1-49

中国版本图书馆 CIP 数据核字（2006）第 154066 号

图书代号：SK6N1328

我和老总真的没关系

著　　者：二　二
责任编辑：周　宏
特约编辑：蔡明菲
封面设计：亿点印象
版式设计：利　锐
插　　画：小　皇
出版发行：陕西师范大学出版社
（西安市陕西师大 120 信箱　邮编：710062）
印　　刷：保定天德印务有限公司
开　　本：880×1230　1/32
印　　张：7
彩　　插：8 页
字　　数：120 千字
版　　次：2007 年 1 月第 1 版
印　　次：2007 年 1 月第 1 次印刷
ISBN 7-5613-3695-0/C·67
定　　价：20.00 元

CONTENTS
目录

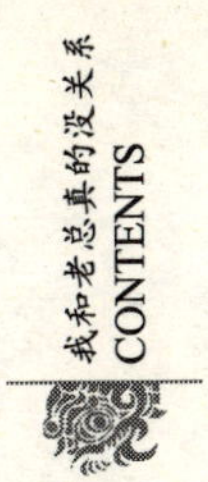
我和老总真的没关系
CONTENTS

> 序 PRELUDE

时/光/归/档

我在档案里面找到三张未报销的发票，发票上的日期都和四月的最后一个星期三有关。我的第三任老总骆先生，在他上任第一年的某一天，把一份包装精美的礼品放在我的办公桌上，我惊诧异常并惶恐于收礼的不安：他为什么无端端地送礼物于我？我惴惴地拆开礼物，里面有张小卡片，卡片告诉我说今天是“国际秘书节”。这真是个鲜为人知的节日，包括身为秘书的我自己。

小卡片里面夹着礼物的发票，清清楚楚地告诉我这个礼物值多少钱，这很不符合我们国家的国情，按照我的理解，上司要是给我发票就涉及到报销和入账事宜。我拿不定主意这份礼物的发票是否要报销，我一连三天仿若无心地把它夹在给骆总签名的文件里，但他都没有在上面签字，没有签字就表示不报销。

骆总在任的三年中，每年四月份的最后一个星期三我都收到他的礼物，而且每份礼物都放有发票。在骆总离任的那天，我准备了一份礼物想送他，但是，我为放不放发票感到为难。于是，我问骆总，为什么要在礼物中放发票。他告诉我说，有时候，价格远比实物更重要——他说得没错，我记得发票上的金额甚于记得礼物本身。

那三张发票被我归了档，有好多类似的东西也被我归了档。归档是一个重要的工作，运用好的归档方法，我可以检索到过去十年里的每一天。我在档案柜里面找到了它们，它们或许只是一份行政通知、一张报价单、一张运费收据，别人看到它们只是普通的文件和单据，但是对我来说，它们是我十年来朝九晚五的浓缩。

张爱玲在《金锁记》的开篇写道：“年轻的人想着三十年前的月亮该是铜钱大的一个红黄的湿晕，像朵云轩信笺上落了一滴泪珠，陈旧而迷糊。”但是，我现在想着旧时月亮，月初上弦，月中圆满，月末下弦，而颜色都是一样地明亮鲜黄，还因此联想到让月亮生辉的太阳的灿烂。我打开档案柜就是打开压缩了的日月，从我刚刚穿上套装的那一刻开始。

那些过去的时光似乎是我整理好的那些文件，它们分门别类整整齐齐地躺在文件夹里。现在，我有了叙述的愿望——对我来说，我叙述的故事远远重要过那些文件本身。那些日子，只有我才能阅读，也只有我才能叙述。

我是二二。家有三姐妹，排行二，家里人称阿二，大名里有二，故称二二。

我是一个十年老秘。现在人家问到我的职业时，我总是用“老秘”这个词来回答人家，颇有十年媳妇熬成婆之感。

我和老总真的没关系

什么叫醍醐灌顶？我终于领略到了。

我每天接许多电话，还专门参加过接电话的礼仪培训，我相信我的语气和用词没有出错。可是电话里的那个人，一个和我们合作很久的客户，在说完工作上的事情之后，冷不丁来了一句：“十年了，你怎么还在呢？”我史无前例地拿着电话怔住了。他这是什么意思？

我是一个十年老秘。现在人家问到我的职业时，我总是用“老秘”这个词来回答人家，颇有十年媳妇熬成婆之感。

“老秘”是相对于“小秘”而言的，全国人民都知道“小秘”是什么意思，我也不可能不知道。我很遗憾地告诉大家，在我十年的秘书生涯中，我的四任老总都没有看上过我，没有让我成为全国人民都知道的那种“小秘”，不知是不是我的失败？我曾经对镜审阅过自己良久，还不至于有恐龙之嫌。就是因为和恐龙还有点差距，我和我的老总一起工作的时候，总不免有人用打量“小秘”的眼光打量我，我忍了。

我喜欢这份工作。在这个庞大的集团里，老总是受薪的，因为是受薪的，所以他们不可能长久地在同一任上。一个人在同一地方窝久了总会被“管理学”假设为贪污谋私利，管理学真的很了解人的本性，它无视道德。但是，老总在其职位上有完整的自主权。每次更换老总的时候，我都认为我辞职的时间到了。但是，我的老总们都没有换掉我，因为他们需要我。他们上任的时候，我会提供最详尽的资料让他们以最快的速度了解他们所处的新环境。在这之前，我用“设身处地”这一招去推理：新来的老总他会需要些什么呢？我想，在那时候，最好色的老总想的也不会是女人的身体。

看到我做了四任老总的秘书，人们觉得不可思议。有个来自资本主义国度的供应商在酒桌上大着胆子问我：“你到底有什么手段啊？”我能理解他的意思，他的意思是说，我在男女情事上一定有很特别的手段，所以才能笼络住四个性情、嗜好、体态各异的老总。我没有像刘胡兰一样站起来义愤填膺地去指责他，事后也没有记他仇取消他的供应商资格。“如果你有机会来当我的老总，你就知道了。”我是这样回答他的，可我心里想的是：“你要是真有机会做我的老总，我马上递辞职信。”

一直生活在“小秘”的嫌疑中，真恨不得在出入社交场合时挂块牌子，上书：“我和老总真的没关系！”现在，终于结婚生子，嫁的好在不是个老总。这么多年辛勤工作，以为总算脱离掉“小秘”的尴尬，可以理直气壮地称自己是个“老秘”啦。但是，今天早上电话里的那句“你怎么还在啊”又让我气短起来。回家诉之于先生——这个无惧我“小秘”嫌疑而勇敢娶我的男人，他在听了我的诉说后，突然冒出一句：“也真是的，你的历届老总为什么都不换掉你呢？”

Butterfly 刘和 Helen 杨是公司里的两个美人。两个美人年纪相当，都是身材高挑，瓜子面孔，长发及腰。她俩在公司里行走，衣袂飘飘，让人赏心悦目。

美人争

Butterfly 刘和 Helen 杨是公司里的两个美人。两个美人年纪相当，都是身材高挑，瓜子面孔，长发及腰。她俩在公司里行走，衣袂飘飘，让人赏心悦目。听说，公司里的员工们分成了两派来争论 Butterfly 刘和 Helen 杨到底谁更漂亮。听说，这种争论已经成为住在集体宿舍的员工们入睡前的保留节目，但是一直没有听说她俩哪个获胜了。也就是说，民意测评的话，她俩打了个平手。

Butterfly 刘和 Helen 杨虽然在外貌上不相上下，可是，她们有个很显著的不同点：Helen 杨是业务部的经理，而 Butterfly 刘只是个业务部的职员。职位是重要的，敏感的，不管是不是个美人，职位低，而上司又不为美貌网开一面的话，做错了事，一样要挨训。但是，我没见过 Helen 杨很明显地训过 Butterfly 刘，倒是 Butterfly 刘不会放过任何一个说 Helen 杨坏话的机会。

Butterfly 刘有强烈的升职愿望。她曾经来找过我，说希望和老总谈谈，因为老总想见的人和想见老总的人一般都是由我来安排时间。她站在我的办公桌旁说话的时候，老总刚好经过我们身边。Butterfly 刘马上把胸口挺了起来，以她所认为的最好的姿势站着（仿若《粉红女郎》中的“万人迷”），等老总过去了她才放松下来——Butterfly刘老忘记我也是个女人。

Helen杨似乎并不在意自己的美人形象。工作一忙起来，她把头发胡乱地往脑后一挽，在办公室风风火火地走动，用干脆的语气要求Butterfly刘应该怎样做。我总是觉得Helen杨那时的样子特别漂亮，所以，我一直没有让Butterfly刘见老总，我很委婉地暗示她，升职要走绩效考评的程序，不是见老总就能解决的。

让我意外的是，董事会来了个文件，说要借用Helen杨一段时间，把她调到了集团的另一个产业部门。Butterfly刘那段时间显得特别高兴，虽然没有一个人提议让她转正做业务部的经理。我打电话去问执行董事的秘书阿咪，阿咪是我的好朋友，她偷偷地和我说，这可是重大机密，董事会的主要成员都收到了一份匿名传真，说Helen杨利用公司资源，以权谋私，所以高层们决定先把她调离。我知道公司的原则是不鼓励匿名报告，但也不放过任何一个疑点，这种政策在实行起来的时候，就变得和老蒋的政策一样，宁可错杀一千，不可放过一个，Helen杨成了那封匿名信的牺牲品。

老总显然比我聪明，他和我谈起Helen杨的时候，不经意地说：“我们也随时会让匿名信给告的。”不久，老总提出开源节流，人力资源部上报冗余名单，Butterfly刘赫然其上。在上报名单之前，我和人力资源部的经理阿菲闲聊，也不经意地说了句：“我们说不定也会和Helen杨一样。”阿菲真是个聪明人，她开玩笑地和我说：“咱们好歹也算是准美人。”

其实，我还不能全部用英文来清楚地表达我的意思，我不可能抛弃中文，所以，我要从良！

散装英语

今天一上班，接到一个电话，问我“Fax号码”是多少，过一会儿，又接到一个电话，问我“传真number”是多少。当然，我听得懂，他们问的是传真机号码是多少，我一一作了回答。放下电话后我觉得奇怪，为什么他们不直接说“传真号码”或“Fax number”呢？

若是在平时，我不会去注意这些细枝末节。偏偏昨晚看了一篇短短的小说，其中讲到了散装英语。小说里说，说散装英语的人其实都是很浅薄的，是虚荣是崇洋是半吊子卖弄，于是，我严格地反省了自己。

我们的同事，有不少是外籍的，个个都有英文名，于是，我们这些中国生中国长的人，为了迁就他们，也个个有了个英文名。我的英文名叫Annie。我有个小名叫“阿妮”，某港籍同事偶然听到我家里人称我“阿妮”，欣喜若狂，回了办公室向各位宣布我的英文名叫Annie。自此，无人再称我为“密司杨”，连土生土长的黄皮肤黑眼睛的人都叫我Annie，以至于人家偶尔叫我中文名，我还半天反应不过来。

在这种环境里工作久了，我说话不可避免地夹杂了不少英语单词，正所谓散装英语。鉴于昨晚小说的教育，我想，从今天起，我要严格地用中文来表达我的意思。其实，我还不能全部用英文来清楚地表达我的意思，我不可能抛弃中文，所以，我要从良！从今天起，我要全部用中文表达我的意思！

我继续接电话。其中一个分公司的秘书“克里斯蒂娜”电话我，她说：“Po list签了没有？”我答：“嗯，是订单的清单，订单的清单还没有签。”她在那边停顿了一下，“订单的清单？订单的清单？我说的是Po list啊！”我就口齿清晰地重复了一下：“订单的清单确实没有签！”她在电话那头嘟哝了一声，就挂了。这个“克里斯蒂娜”也是中国人，我很反感她取了一个这么长的英文名，我总是无法记住那个英文名字的拼写。

然后，我开始工作，轮到我打电话出去了。“亲爱的，日报表可以传真过来了吗？”对方是个很熟的同事，早上通电话的时候可以肉麻一下。她在那边答我：“Darling! Daily report还没有好，车间还没有sent有关数据上来。你得wait!”呜呼，我差点气绝。我回答说：“要尽快，亲爱的。”她在那边疑惑，为什么我不像往常一样回答她：“Urgent! Honey。”

现在有个同事站在我旁边，他说：“给我一张考绩的Form吧。”年终考绩的表格，每人都有一张，偏偏他的不见了，而我刚好多出一张空白的。“表格！”我说，“你再说一遍，表格！”他老大不情愿地说：“嗨，请给一张考——绩——表——格吧。”

这个早上我挺快乐，到现在为止我还没有说一句散装英语，我严肃认真地用中文表达我的意思，我在慢慢地不浅薄，慢慢地深刻起来了。可是，早上还没有过完呢，还有中午还有下午呢。我今天真的可以不说一个英文单词

吗？那明天呢？正想着，抬头看到美国人 John 从走廊那头向我这方向走来，我赶紧躲到 Toilet 里去了。

老李把辞职表拍在执行董事面前，昂首挺胸步出了办公室，他脸色苍白，摔了一下门："什么资本主义！"他是真的愤怒了。

老李的愤怒

老李不停地来问我申购报告批下来没有，以至于他一出现在我面前，我就摇头。

老李的报告递上去很久了。他申请买两台数控钻床，因为根据现在的生产量，在某工序不增加设备的话，这个工序就会成为整个生产流程的瓶颈，货物大量地积压在那儿，而下一个工序的人却无事可干。老李已经把那个瓶颈工序的工人们"三班倒"很长时间了，工人们劳累不堪，有了怨言，老李看着心急，所以一遍遍地来问我，报告什么时候可以批下来。

老李曾经是安徽某县一家国营酒厂的副厂长，还有着高级经济师的职称。因为酒厂效益不好，他停薪留职来做了我们公司的厂长。用他的话说，他是从社会主义回到了资本主义，是历史的倒退。虽然都是厂长，但是资本主义的厂长和社会主义的厂长不一样，资本主义的厂长管不到钱，要用钱，就得打报告。小钱，打报告给老总，大钱，打报告给执行董事，更大的钱，就得董事会批准了。但是，作为高级经济师的老李，还是对"资本"二字充满信心和希望的，他说，不管制度是多么的严谨，所有的人还

是会为“资本”二字负责的。

我很认真地和老李讨论过申购报告的事情。我告诉他，第一个步骤是将报告交老总签了，然后上报到总部的财务总监签了，再给执行董事签。凭执行董事签了名的文件，交给采购部，询价，货比三家，采购部再做报告文件，重复第一步骤。再凭执行董事签了名的文件（那时候执行董事应该批示由哪家供应设备了），再由采购部出订单，再重复第一步骤，都签了字了，然后把订单给设备供应商，就差不多了。虽然我说得很详细，老李的脸上却有点不耐烦，他说真麻烦！比我们国营企业还麻烦！

我劝老李耐心些，这些过程要是遇上某高层出差、某秘书疏忽或其他不可预计的原因会显得更加漫长。果不其然，接到财务总监秘书的电话，她说，新规定，购买固定资产之前必须做固定资产申请。也就是说，原先那份报告成了一张废纸。我辗转从财务部门得到了《固定资产申请表》，拿去交给老李，老李铁青着脸接了过去。

工人们受不了长期“三班倒”，接二连三地请假，老李不停地做思想工作。最后，班组长们都坐上生产线去了，而老李每天风风火火地跑来跑去。可是，货还是做不齐，订单完不成。我每天打电话去总部催问固定资产申请事宜，总是被答复说“等等”。

执行董事千年不遇地来到了我们公司，他召开了会议，老李在会上受到了严厉的批评。肥头大耳的董事手抓一叠文件慷慨陈词：“你们不要对我讲什么理由！没有理由！这些货死也要给我死出来！”会议之后，他把那叠文件放我面前，道：“找有关的人来谈谈是不是真的需要买设备。”我定睛一看，那是我们的《固定资产申请表》，附有很详尽的理由和数据。

老李把辞职表拍在执行董事面前，昂首挺胸地步出了办公室，他脸色苍白，摔了一下门："什么资本主义！"他是真的愤怒了。

按照经验，在这样的场合，点菜的时候不要看餐牌，也不能看价格，否则会让客人感觉不好。只需把酒楼的经理叫过来，中气十足地请他介绍此处有什么特别的非比寻常的好东西。

认证通过了

现在我正忙着打报告向上层申请审核组的伙食费用，酒店费用是集团月结的，不用现金，但是我不知道即将来到的审核员好什么口味。所以，我得先提了现金预备着，有了钱，去哪儿吃都行，我的预算是每一餐五千元。司机已经开车带着他们在路上了，并按我的嘱咐给我来了电话，告诉我他们分别是张工、程工、管工、鲍工。

我请新入职的小姑娘帮忙打电话订酒店，她问我几人，我说四人。刚要走开，听到她拿着电话说订两间房，我急忙抢过她话筒，告诉酒店订房的，要四间，豪华房。小姑娘大惑不解地问我，标准房不是有两张床吗？我说是，但是就算每间房两张床也要订四间房。小姑娘嘟了一下嘴，觉得我在浪费资源，我以后会告诉她为什么要一人一间房。

中午的时候，老总、我以及几个关键同事和张工、程工、管工、鲍工在饭桌上了。经过我的提议，得到他们的一致通过，决定在皇朝酒店吃粤菜海鲜。按照经验，在这样的场合，点菜的时候不要看餐牌，也不能看价格，否则会让客人感觉不好。只需把酒楼的经理叫过来，中气十足地请他介绍此处有什么特别的非比寻常的好东西。我提议来的酒楼，自然是我熟悉的地方，我可以中气十足地把饭钱控制在五千元左右。如果超得太多，在报销的时候需要写解释给执行董事，我麻烦，老总更麻烦。

饭桌上气氛很好。张工、程工、管工、鲍工分别报出了自己的家乡。大家都有家乡，大家都把家乡说出来了，饭桌上就有了话题，有了话题就气氛很好。饭到尾声之时，我正很得意地说着东北黑土地里的土豆个儿大，管工突然来了一句："有一年，在深圳审核，那家公司一餐就吃掉了一万多。"我张了一下嘴，活像塞了个土豆在嘴里，硬是把它给咽了下去。"因为非典，现在果子狸熊掌都没得卖了，那时是要那个价。"我给我省掉的五千元找着理由。

张工是我的老乡，因着老乡的情谊，他私下告诉我，这次审核，鲍工为头，鲍工喜欢打保龄球。我说那咱们就去打保龄球，并加以说明：咱也喜欢打保龄球。当晚冒着忤逆管工的风险，我在另一家酒楼还是把饭钱掌握在五千元之内。饭后，我们簇拥着花白头发的鲍工到了保龄球馆。

我陪着鲍工打保龄球，老总在一边和程工闲聊，程工似乎在问本地有无温泉桑拿之类。我心想，等会儿保龄球节目结束时，我得以照顾孩子为由早退而让男士们活动得更好。一时出了神，球扔出去了，手指却来不及松开，我整个人跟着球滚到了球道上，那地板的摩擦力系数接近于零，我像只青蛙一样趴在球道上，拼命折腾着却起不来。整个保龄球馆的人都望着我笑，鲍工笑得最响亮，在他的笑声中，我觉得我们公司的认证已经通过了。

贾总是香港人，离异单身，听说这贾总还有个爱好，就是喜欢请漂亮的女人们吃饭。对这个我倒是放心的，那时我怀孕快七个月了，怎么样也不能算做漂亮女人，应该不在被他邀请吃饭的范围之内。

贾总谈恋爱

贾总刚来，我就有种预感，他在任时间不会很长。办公室里的女人们都不喜欢他的形象，干干瘦瘦的，黑黑的，头上头发不多，还喜欢开着改装的吉普车到处去。咱们心里想："就这样子了，五十好几了，还硬充西部牛仔干啥呢?"

贾总是香港人，离异单身，听说这贾总还有个爱好，就是喜欢请漂亮的女人们吃饭。对这个我倒是放心的，那时我怀孕快七个月了，怎么样也不能算做漂亮女人，应该不在被他邀请吃饭的范围之内。

出乎意料，贾总请我周六晚上一起吃晚饭，我答应了，答应的时候颇有点沾沾自喜，以为自己虽然大腹便便，但还是有点魅力的嘛！周六晚上我早早地到威尼斯西餐厅坐定了，将到约定时间，远远地看到贾总和一个女孩子并肩施施然过来，贾总穿着牛仔小马甲，远看还是挺有点西部牛仔味儿的。

他带来的女孩子叫"荔枝"，荔枝只是读音，她到底叫什么，我现在也不知道。他把荔枝介绍给我，荔枝想做报关员，她想知道做报关员的途径。我把我知道的说了一通，让她先去强化一下英语。当时，我想的更多的是："她是贾总的什么人？"这问题到了饭后告别的时候，他们都没有主动告诉我。这荔枝确实长得像剥了壳的荔枝，水嫩白净，看样子不会超过二十岁。

星期一一上班我就打通董事秘书阿咪的电话，问贾总的荔枝是怎么回事？阿咪吃吃地笑，说："他又带着荔枝出现在你们面前啊？他被调走就是因为和 3A 车间的工人荔枝搞上了，我们这边众多老总和经理们看他不顺眼。""把你们不顺眼的推给我们？我们这边也有众多老总经理呢！也看他不顺眼了怎么办？"阿咪只是嘻嘻地笑，"那，到时候再说啰。"

和贾总吃过饭的同事们都跑来和我说，贾总有个荔枝，高中没毕业的，贾总到处和人说，她要去上英语课，以后当报关员呢！我为我有这样一个老总感到难为情，他每天的工作只是在我交给他的文件上签名，签名之前问我："你看过没有？"我说看了，他就大笔一挥，挥完就不见了，开着他的迷彩吉普车和荔枝快活去了。他一走，同事们就笑："贾总谈恋爱去了。"我觉得贾总确实是在谈恋爱，虽然人家五十好几了，但是谈恋爱的甜蜜还是洋溢在脸上的皱纹之间。

阿咪大惊小怪地打了电话来，说："哎呀，你们贾总拍桌子啦。因为会议中汪总当面指责他为老不尊啦！"放下电话，我知道我最初的预感没有错，我很快就要换老总了。

后来，听说贾总给荔枝上了个 Boss 级人物才上的英语培训班，荔枝跟着班上的"同学"跑了。我们的贾总在不再是贾总之后，开了个港式茶餐厅，不景气，关了；又开了个花场，不景气，关了。至今他还欠某同事五千元，可他不知所踪，我在路上也没有再见到过迷彩吉普车的踪影。

那天，高洪对我说，他想租用我一天，租金是六千元，而我什么都不用干，只要带个手提电脑跟在他旁边就是了，换言之，就是要我当他一天的秘书。

倒爷

我惴惴地坐在高洪租来的车子上，奔向G省Y市L镇。

那年我24岁，高洪23岁，他瘦瘦高高，斯文白净。我是在一个英语培训班上认识他的，他和每个同学都关系良好。他高中毕业后做着机器零配件的生意，名片上印着“高洪经理”，我知道这样的经理是什么角色，就是那时最流行的倒爷。不过，因为是同学的关系，我帮了他的忙，帮他把从别处贩来的零件卖给我们公司，我对采购部的同事宣称他有自己的零配件加工厂。

那天，高洪对我说，他想租用我一天，租金是六千元，而我什么都不用干，只要带个手提电脑跟在他旁边就是了，换言之，就是要我当他一天的秘书。一天可以挣六千，对我来说是极大的诱惑，而我也相信高洪的能力，他确实能把一些事情折腾成功。但他这次折腾的事情实在太大了——他想倒卖G省Y市L镇一家停产的化工企业所有的设备。

一大清早，我和高洪去了一家租车公司租用了一辆丰田轿车，我带了手提电脑，还帮他捧着水壶一样的大哥大。他看上去确实像个老板，而我本来就是个秘书。我们先去了高家载上高洪的妈妈和姐姐，让她们去Y市的旅游景点玩。高洪说，这事要是不成功的话，也不枉开了五小时的车跑那么远，算是拉了家人去旅游，心里有个安慰。

L镇的J副镇长带着他的助手接待了我们。一见面，高洪向众人派了名片。我跟在他旁边，和他们一起吃午饭，听他们谈论那些设备的情况，拿出笔记本记了一些其实不用记的东西，然后我们就一起去了那家化工企业。那些设备是庞然大物，我们在上面爬来爬去地度量了很久，记下了一些数据，然后告诉J镇长说："我们会传个具体的报价给你们。"J镇长看着我们，态度很诚恳地说："我们还有个糖厂，也不行了，帮我去看看那里的设备，看有没有人肯投资。"高洪点点头，一行人去了那家糖厂，我和高洪又像模像样地度量了一番，索要了一份设备清单。头顶微秃的J镇长诚心诚意地谢了我们，很真诚地和我们握手告别。

我的手心一直在冒汗。高洪和我，怎么看都是稚嫩青年，J镇长真的相信我们卖得掉那些庞然大物吗？他是不是看出什么来了？他是不是在稳住我们？直至我和高洪上了我们租来的轿车，打火离开L镇后，我心里仍然忐忑不安。在景点接回高洪的妈妈和姐姐，继续前行，路上看到警察查车，我想："完了，捉诈骗分子来了。"高洪停车，镇定自若地把证件给警察看了，警察挥手让我们离开，我才吁了口气。

三个多月后，我已经对高洪那六千元租金死心了。有一天，他却将一个鼓鼓的信封放在了我的面前。他不再做零配件的生意，和我们公司没有了业务联系。几年之后接到他一个电话说在广州做珠宝生意，后来再不曾有过他的消息。

我经常把这件事情当故事讲给别人听，此后，我也开始在生活中寻找商机，却始终不曾有如他这般倒卖庞然大物之气魄，看来，确实是没有谁能随随便便成功的。

隔着烛光看他，他比白天更加英俊。在这个流淌着钢琴声的西餐厅里，我们面对面地烛光晚餐，但我们不是一对恋人。

他是一个SALES

隔着烛光看他，他比白天更加英俊。在这个流淌着钢琴声的西餐厅里，我们面对面地烛光晚餐，但我们不是一对恋人。我还不能确定他是我的什么人，准确一点说，他将来可能是我所在公司的设备供应商的工作人员，但现在还不是。因为，我们公司会在四个待选的设备供应商里挑出一个最为质优价廉的。陆阳属于D公司，是D公司的销售人员。

本来，我是不应该答应他的邀请的，但是，当他出现在办公室门口，伸出右手臂，用“嗨，希特勒”的姿势和我打招呼的时候，这个大男孩的阳光触动了我。我在会客室接受他递交的材料，也接受了他晚餐的邀请。

餐厅服务员在我面前摆了各式刀叉调羹，然后站在我们旁边。晚餐有点拘谨，这个西餐厅太正式了，我总觉得站在我旁边的服务员在等着看我的洋相。所以，等上菜的时候，我把那个服务员叫了过来，微笑着对她说：“你站到那边去，站远一点。我怕我切牛排时刀子不小心脱手了。”服务员惶惑着走开了，她好像没听懂我的话，陆阳笑起来说：“你真有趣。”

饭后，陆阳提议去游乐场玩，他的这个提议颇出人意外，他以为我是孩子吗？但是，我对于别人出钱的安排从来不会表示异议，我充分地享受了他为我安排的节目。我在游乐场的电子游戏机前玩够了模拟滑雪，还在投币游艺机上赢了几个毛茸茸的玩具。在我准备回家的时候，陆阳终于说出了他的真正目的："二二啊，你要是有了其他几家供应商的报价，说给我听，好吗？"

我点了点头。想到他只是为了探得人家的价格而请我吃饭，这让我有点伤感。在后来的几天里，我整理了ABC三家公司的报价单，打算复印给他。后来我犹豫了，觉得这样子为他冒险、为他丧失多年来的职业道德有悖于我的原则，而且，他还不是我的什么人，只是长得帅一点而已，我有必要为他牺牲这么多么？于是，我只是打了个电话给他，约略讲了一下ABCD四家公司的差异，这是在职业道德允许范围之内的。我知道他想知道得更多更细，这样，可以在每一项细目上精打细算来取得竞争优势。陆阳在电话里暗示我，我当做听不懂。

下班了，我在我独居的房子里煮面条，门铃响了，陆阳微笑着站在门口。"可以来吃一口饭不？"他笑得真好看，我鬼使神差地开了门，请他吃我煮的面条，然后坐在客厅里聊天。突然他揉着眼睛道："我眼里进了灰，你帮我吹一下好么？"我怔了一下，我还是帮他吹灰了，准确地说，我用舌头舔了他的眼睛。这个过程让我耳红心跳，紧张得撞掉了他放在沙发上的公文包，里面的文件散落出来。在我蹲下来收拾文件的时候，烛光晚餐后的那种伤感又袭上心头。

后来，我很客气地送走了他，站在阳台上看他在街的拐角处消失，我心里有种淡淡的失落。

上班车上，同事们昏昏欲睡。七座的丰田小霸王，共三排座位，连司机在内同车共六人。司机按照固定的路线，在不同的地点把他们接上车。

一车子沉默

上班车上，同事们昏昏欲睡。七座的丰田小霸王，共三排座位，连司机在内同车共六人。司机按照固定的路线，在不同的地点把他们接上车。

如果这车上的位置由我来安排的话，我觉得第一个上车的人应该坐到第三排最里面的位置去，第二个上车的人就坐在他旁边，依次类推。我觉得每个人都应该知晓这个道理，为后面上车的人提供方便，也可以节省车子的停顿时间。

第一个上车的人叫做邦叔，他是总务部的部长。三年前，启用丰田小霸王接送人以后，邦叔第一时间占据了驾驶座后面的位置，我称之为第二排第一座。听司机说，这个位置是给车上最重要的人坐的。因为假如撞车，司机总是会本能地避开自己所在的位置，所以，驾座后面的位置是最安全的。所以，邦叔一上车就安心地睡觉，直到车子到达公司。

第二个上车的人叫阿明，他是品质部的经理。他第一次上车坐在第三排第一座，后来就一直坐在那个位置。我曾经暗示他可以坐在邦叔的旁边，但是他仍然坚持一个人

先占据一排位置——在别的同事还没有上车之前。由此看来，人和人是不愿意靠得太近的，在环境允许的情况下，他们更愿意独自一个人坐。说人是一种群居动物，那是非常错误的。

第三个上车的是我。我在车上的位置是固定的。我总是坐在车头位置。三年以来，我一成不变地坐在这个位置。按照驾驶座后面邦叔的位置最安全的说法，万一出车祸，我这个位置首当其冲，是这部车上最危险的地方。我曾经试着坐在邦叔的旁边，但是，我和沉睡的邦叔挨得太近，我也会打瞌睡。我们身体上的每个关节都在做着礼貌的防备，以免不小心碰到彼此。我坐在那儿，连呼吸也觉得别扭，只好冒着生命危险依旧坐回车头来。

第四个上车的叫阿妹，是工程部的经理。她坐在阿明的旁边。有一次，阿明因为某事而迟于阿妹上车，他开了车门，等阿妹下车，然后他坐回他原来的位置，阿妹再上车。车子开动，车上的格局还和之前的每个清晨一模一样。

第五个上车的是阿妹的老乡阿莲，阿莲是阿妹的助手。她本来是不够级别坐在这辆车子上的，但是因为阿妹“罩”着阿莲，何况车上有位置空着，我们也就默认了她的存在。她在车上是有点尴尬的，因为尴尬，起初，她总是竭力想打破一点沉默来表现她的自然。她总是把声音压得低低地和阿妹说话，她们用客家话交谈，除了她们俩，我们都听不懂。

终于有一天，沉默的邦叔开了口：“你们俩不要用家乡话交谈好不好？我们都听不懂，这很不礼貌。”于是，阿妹和阿莲改用了普通话交谈，并且努力口齿清晰，但是，她们交谈的次数日渐减少，最后趋于沉默。

一车子沉默早出晚归。我几乎不曾扭过头去看身后的他们。大家沉默的样子是多么相似啊，说“沉默”似乎有点深刻，浅显一点说，大家都是在打瞌睡。我知道他们打瞌睡的时候，还得顾住自己的身体一定要囿于自己的座位之内，不要碰到别人的身体。

我和老总真的没关系

我是一个十年老秘。

现在人家问到我的职业时，

我总是用『老秘』这个词来回答人家，

颇有十年媳妇熬成婆之感。

我用最不经意的最不为人察觉的方式扫视了一遍同桌子吃饭的人，我发现，最英俊、最有气质的是我的老总伦先生。

友谊聚会

我用最不经意的最不为人察觉的方式扫视了一遍同桌子吃饭的人，我发现，最英俊最有气质的是我的老总伦先生。当然，我也发现这桌子上其他老总的秘书也在做着和我同样的动作，我还相信她们得出的结论和我一样。

我们共同的结论让我颇为自豪。这个聚会不同于和客户谈生意，也不同于和官方人物周旋，这只是个集团内部的联谊活动，每个月举办一次，地点就是在集团文娱中心的多功能厅。

我第一次接到这种聚会通知的时候颇为诧异，以为是什么鸿门宴，于是我想为我的老总伦先生搜集点资料。我动用了我在集团内的关系，打听到，举办这样的联谊活动是董事长的意思。他认为，偌大的集团里面，每个经理和经理之间都不是很熟，都不太了解。他觉得定期把分散在各处的公司经理集中在一起吃餐饭是加强了解、增进感情的最好方法。他还特别说明，老总必须带秘书前往。

第一次参加聚会的时候，伦先生和我都有点紧张。我特意问了伦先生，他是穿便服还是西装，他沉吟了一下，说穿便服。我站在我的衣柜前，绞尽脑汁才搭配了一套我认为恰到好处的休闲服。在途中，伦先生不经意地问我：“你说，他们会聊些什么呢？”

其实，他们什么也没有聊。第一次聚会采用的是中餐大圆桌的形式，大家就着汤汤水水吃饱喝足后各自走了。我发现他们谈了一些天气和旅游地之外，再无涉及其他的话题。而我们做秘书的，彼此打量着穿着，脸上总是保持着微笑，间隔坐在各位老总中间，在旅游谈话的间隙中谈及一下彼此的家乡。第二次聚会，就开始采用自助餐形式了，环境优雅，灯光柔和，还可以即兴卡拉 OK 一番，人与人可以自由组合交谈。这应该是董事长的初衷，让大家来增进感情培养友谊，最终达至亲如兄弟姐妹。

大家都 K 了歌，有一个声线酷似张学友的老总，唱了不下十首。每次聚会似乎都是听他唱歌，而其他的老总和秘书们，各自坐在点着蜡烛的小圆桌旁，吃掉一点东西，看准时间离开。我是个喜欢说话的人，但是，在这个以交谈为目的而举办的聚会中，我的脑子里闪过千百个话题，却找不到一个可以对话的人，包括我的老总。有一次抬头，碰到伦先生的目光，他指着台上 K 歌的那个人说：“他那个位置，以前我坐过。”我知道他说的不是 K 歌台上的高脚凳。

半年之后，这个聚会取消了。我们不用再穿着休闲服，装着很休闲的样子去联络友谊。有一次，和“K 歌王”的秘书通电话，谈完工作，她说起我的老总，她说：“你的老总挺帅的。”我回答她：“你的老总歌唱得很好听。”然后我们一起沉默了一会儿，这时我感觉，我和她之间还是有点友谊的。

茶水间是公司里谣言和诽闻的制造地，同事们端着杯子在那儿泡茶冲咖啡，会待上三五分钟时间。在这三五分钟里，两同事若偶然一起在茶水间，特别是女人，非得闲话人家几句不可，议议某某今天的裙子或鞋子之类。

雾蒙蒙的眼睛

我一迈进办公室的大门，他们就停止了说话。他们本来是围在阿兰的办公格子边上叽叽喳喳的，我一出现他们就噤声了。他们在说什么呢？我承认我有强烈的好奇心，整个办公室都可以知道的事情，为什么偏偏我不能知道？中午吃饭的时候，我端了盘子坐到阿兰的身边，漫不经心地问道："早上你们在聊什么？看见我就不作声了？"阿兰停住吃饭，呆呆地看着我。我又逼问了一句："上个月你做错的那件事让别人吃了死猫，你是不是想翻出来再核对一下啊？"阿兰慌张地摇摇头，说："一会儿吃完饭，上茶水间我告诉你。"看来，威逼的效果还是很不错的。

茶水间是公司里谣言和诽闻的制造地，同事们端着杯子在那儿泡茶冲咖啡，会待上三五分钟时间。在这三五分钟里，两同事若偶然一起在茶水间，特别是女人，非得闲话人家几句不可，议议某某今天的裙子或鞋子之类。我吃了饭，马上跑到茶水间泡绿茶，把茶叶洗了一遍又一遍，洗得茶味都快没了，阿兰才慢吞吞地走进来。"我说了你不要发火啊。"阿兰惴惴地看着我，完了，这件事肯定和我有关，我的直觉百分百正确。

那个地方叫龙溪，有很多可供出租的房子，也就是说，住那儿的人几乎都是租客。阿兰说，在上个星期天，她看到我的男朋友和他的属下文员清清搂抱着从那儿出来。“你看清楚了没有?”我很冷静地问她，她很肯定地点点头。

我的男朋友是我的同事，他是个帅哥，当我第一次看到他的时候，他正站在走廊上用他那双雾蒙蒙的眼睛盯着天空，像电影里的一个镜头，眼神里似乎蕴涵了众多意味。于是，他就成了我的男朋友，成了我男朋友之后我才知道，他那双雾蒙蒙的眼睛里除了雾蒙蒙之外别无他物，是我自己的感觉欺骗了我自己，但是，和他走在一起的时候，我还是有点自豪感的，因为他是帅哥，而且，他至少还会画电子线路图。

我居然是通过这样的方式知道我和他之间已经结束了，这让我无法接受。虽然我一直有结束的打算，但是，我没有开口，他怎么就和别的女人出双入对了呢？我受伤害了，你们知道我受到什么伤害了么?

第二天早上我跑去他们的部门转了一圈，我的男朋友和他的属下文员清清都看了我一下，然后都低下头。我走到清清面前，笑着问她：“清清你住在龙溪吧，上个星期天有人看到你从那儿出来哦。”清清的脸一下子白了，而我的男朋友定睛看了我一会儿，又用那双雾蒙蒙的眼睛盯着窗外的天空。

当天下午清清就辞了职，我的男朋友不久之后也辞职离开。他一直没有和我说什么，没有说明也没有辩解，他去财务部领工资单的时候，经过我身边，用他那一双雾蒙蒙的眼睛看了我最后一眼——他就是这样一个简单的人，觉得这地儿再不能待了，就不待了。

那一年，我第一次感觉到自己的凌厉，或者是冷酷。在这之前，我一直以为自己很善良。

伦总告诉我，吃西餐，不要管那些刀刀叉叉怎么用，如果手是干净的，那就直接用手抓起来吃好了。

他来自美国

伦总告诉我，吃西餐，不要管那些刀刀叉叉怎么用，如果手是干净的，那就直接用手抓起来吃好了。他说那句话的时候，我们正坐在麦当劳，当然没有刀叉可用，只能用手将食物送进嘴里。

其实，我们在上班时间坐在麦当劳讨论刀叉问题非我们所愿。我们本来是去一个供应商的公司，想和他们把设备的单价确定下来，这样就可以开展后期的工作了。在我和伦总出门之前，我电话董事长的秘书告诉她我们今天的行程。因为，董事长总会突然找伦总，所以，伦总每次出去公干，我务必要在董事长的秘书那里备个案。可是，在半路上，我们接到了董事的秘书的电话，她说："董事长认为那些设备价格还待重新确定。"我很快就反应过来了，可伦总还在旁迷惑不解。

我见过几次伦总迷惑不解的表情。他刚来的时候，我告诉他，卖废旧边角料的钱都是不用入账的。他迷惑不解地反问我："为什么不入账？"我说，这一个月三万多的钱一部分请办公室人员吃饭啦，他又迷惑不解地问："那另一部分呢？"我不能再多说话，再多说，就牵扯出太多历史问题了，我把那笔钱交到财务那里过了明路，还为这笔多出来的钱写了一份自圆其说的解释。

之后，在大规模更换设备的问题上，他做了大量的考查、比较核实的工作，确定了他认为最合适的设备供应商，向董事会提交了详尽的资料，把应该签的名都签到了。那个中标的设备供应商很是“受宠若惊”，一再向我表示说，还没有请伦总吃餐饭呢。我知道他们的意思，我觉得他们给个百分之三的回扣，就是一笔可观的数目了。我暗示了一下伦总关于折扣点的问题，他又一脸迷惑不解的表情。我对他有点失望，并暗暗好笑，他真的是一只黄皮白芯的香蕉啊！

伦总其实并不笨，他在路上对我说，这样的话，那是不是还可以压一下他们的价格？我笑了笑，然后就听到手机响了，然后，我们就被堵在了麦当劳。我们不能自己去设备供应商那里了，其实，在从办公室出来之前我应该想深一层：“我们这么急着去签合同在别人看起来是不是太不正常了？”这就像吃一个规矩森严的西餐，大家都在用着刀刀叉叉，你却直接将牛排放在嘴里咬了，不管你的手洗得多么干净，人家还是接受不了这种做派。

在我们回办公室的路上，伦总没有再说设备的事情，他说了一段自己在美国的生活。他参加过海湾战争，每天只能分到一桶五加仑的矿泉水，包括饮用和洗澡。他说：“从早上开始，我就会为这一桶水的进度打算，到晚上洗澡的时候，还能用它擦遍全身。”他说这话的时候，颇有点洋洋得意状。

如果你请我吃饭，最好请我点菜。虽然我知道客随主便的规矩，但是，看人家吭哧吭哧点不出菜来，我就会心急。

我的点菜史

如果你请我吃饭，最好请我点菜。虽然我知道客随主便的规矩，但是，看人家吭哧吭哧点不出菜来，我就会心急。假如去一个新的酒楼，点菜的偏是个生手，我就愈发着急了，恨不得一把抢过菜单来，示范一下在陌生的酒楼点菜的招数。我点菜的机会太多了，便以为自己是行家里手，意欲掌握饭桌上的话语权。

以上文字我只是想说明一下，点菜是我的工作内容之一。曾经有集团内一位港籍经理请一班同事吃饭，他客气地请我点菜，我就点了我认为最适合他身份、地位、经济能力的一桌子菜，等我点完，再看他，他脸色有稍许不对头，我心里便有点鄙薄之意。我想，我应该是个势利的人，势利得一拿起电话，没等到对方说话，一听到呼吸就知道对方是哪根葱。所以，港籍经理在饭桌上那稍纵即逝的脸色，传达到我的眼睛里，便有了如下解释："请你们内地的同事吃饭，要这么隆重么?"那是几年前，港籍人士总是在我们面前抱着一种很明显的优越感。我在餐厅领班的大力介绍下，为每人加多了一份鲍汁灵芝菇，那菜不是很贵，但也不便宜，我只是想再看看港籍经理的表情。

我看到他忍了。

在中银大厦的三十三楼，一个体态富态的女老板请我的老总吃饭，她是通过我请老总吃饭的，所以，我也是被请的人。席上还有她公司里几个和业务有关的人，在那一桌子人里面，最适合点菜的人还是我。来之前我就知道，她想赞助我们公司的旅游名额，而我正想免费出游。所以，我不想让她以为，旅游费用和这餐饭的费用加起来是笔巨额数目。商人的付出，目的就是为了得到，我需要在她预算好了的得到和付出之间保持平衡。所以，我在点菜的时候，心里想的是她公司和我们公司的业务金额、她们应该有的利润，以及这餐饭和游游费用在利润中所占的比例。从饭桌旁的窗口望出去，可以看到整个城市，而这里的菜价，几乎也算是“会当凌绝顶”了。

我不能表现出太多的停顿和算计，我看着餐牌点着有特色但价位相对适中的菜，加入一个价高一点的以提升档次，最后说，青菜还是要吃的，当然，中银三十三楼，青菜也超过四十元。我点菜的时候有点紧张，生怕自己心算加总出错。饭后在电梯里，胖胖的女老板对我露出会心的微笑，我就知道自己做得没错——可以省下一笔旅游费用了。

经常这样点菜会有心理压力的，所以，一般的饭局，我总是把人带去相熟的酒楼。我和酒楼的部长很熟，我在那儿不用点菜。我和她约好了，按照埋单人物的不同，制定相应的菜单。竖食指，供应商请吃饭；点点中指，我们公司请人吃饭。我弯弯无名指，是同事朋友请吃饭。勾勾小指，是我请吃饭，我请吃饭就需要点菜了，不然太没诚意了。

我经常检讨一下自己的促狭，但我并不想予以纠正，我检讨是让自己知道，我是个清醒地知道自己在干什么的

人。您可以很放心地请我吃饭，我一定会顾着您的钱包，除非，您得罪了我，或者，您天生地让我看着不顺眼。

这么多年来，我只是惴惴地专注于做一个好人，我总是以为人与人之间刻意表示的温情有点虚假，我一直没有学会感激。

一直没有学会感激

曹总是我的第一任老总，刚做我老总的时候，六十几岁，他是个好人。当然，我那时年轻又浅薄，对好人和坏人的定义，通常只取决于他人对我的好坏。我爷爷从小教育我说，只要自己是个好人，那么遇到的也都会是好人，简称“好人相逢”。于是，我努力地做个好人，面带微笑，从不和他人计较，乐于助人。于是，我真的得到了一个“好人”的称号。

曹总经常称赞我说：“安妮她真是个好女孩子，从来都是没有脾气的。”其实，我是有脾气的，只是我觉得这个世界上还没有一个可以让我发脾气的人。人微言轻，我找谁发脾气呢？

我不得不是个好脾气的人，而且还是个好学上进的女青年。我一直在曹总的眼皮底下上着各种各样的培训课程。曹总是物理老师出身，对于属下的好学很是支持，他给了我一个专职司机专门接我晚上的上课下课，并由公司支付司机的加班费。我在同事们妒嫉的眼神中完成了我的学业。每一次都不敢考得不好，心里想着，得了人家的好处，总得有个交代，哪怕只是分数比人家高了几分。其实

曹总从来没有过问过我的分数，我只是惴惴地默默地讨着人家的好。

有一晚，我去探望一个朋友，曹总恰好也要去那儿。他对我说，我见完朋友可以跟他的车一起回来，并说好了等车的地方。我告别朋友后就打了个出租车到约定地点，曹总正坐在车子里，他看着我从出租车上下来，一上车，他就板着脸问我："打的多少钱?"我说八元，他又问，"那地方多远?"我说三公里不到。他很认真地对我说："你可以花五毛钱给我打个电话，让司机开过去接你一下，就可以省下七元五毛钱。你不会算吗?"我一时语塞。我当然不可能有让我的老板过去接我的想法，就为了省下七块五毛钱。我没有去想他是在帮我省钱，反而，他的商人算法让我汗毛凛凛。

我供楼买房子，但是钱不够，曹总说公司作为福利可以借我两万元，然后在工资里逐月扣除。但他在签借条给我的时候，狠狠地批评了我一通，认为我作为一个小女孩子，居然不和老人家商量，就自作主张挑定地方付了定金。他不满意我那房子所在的地段。几年后，我把房子贱价卖了出去，事实证明他说的是对的。我还记得他当时与我说话的眼神，他说："万事找老人家商量一下，没有错的。"

曹总因故离开了我们公司几年，后来又回来做了两年我的老总。那年曹总参加了我的婚礼，在婚礼上，新郎的身边长长地站了一排他的亲朋好友，而我的身边，却只有我妹妹孤零零地站着，我到曹总那一桌敬酒的时候，他端着酒握着我的手说："你以为我们公司没有女孩子吗?我们公司的女孩子全站上去比他们那排长。"

我怔住了，我又犯了与多年前同样的错误，在人生的重大问题上没有和老人家商量，比如买房子，比如操办婚礼。这么多年来，我只是惴惴地专注于做一个好人，我总是以为人与人之间刻意表示的温情有点虚假，我一直没有学会感激。曹总退休已多年，我一直想打个电话对他说谢谢，但是，一直到现在还没有打。

朋友的一番话让我醍醐灌顶，想着在学校的时候一个个拼了命似的去考研，而时过境迁以后，一切都不一样了。

读研名额

总公司来了一份文件，要求推荐一名年轻有为的中高层领导去读管理学硕士研究生。这是我不能做主提建议的事儿，我只管把文件交老总看过，他定了人以后我再整理好报名表发到总公司就可以了。

老总看了文件，抬头笑眯眯的，很和蔼地说："你觉得谁合适啊?"一句话把我问懵了，涉及中高层领导切身利益的事情，我自然不便多嘴，只好笑笑敷衍了过去。

回到办公室的时候我就在想，会是谁去呢？既然总公司要花钱送人去上学，肯定学成归来是要重用的。我在脑子里把现在公司的中高层领导过了一遍，最突出的是分管业务的刘副总，年轻有为，又是老总的亲信，老总肯定会想推荐他去，但是不便开口。其他还有谁？分管行政的马副总群众基础很好，但是和老总不太对劲，据说总公司考虑过将现在的老总换下来，由马副总接任，这样的竞争对手，老总是绝对不想把好处留给他的。但是如果民主表决，就很难讲了，因为马副总人缘好。总公司的文件上只是说"各下属分公司推荐一名"，没有具体说明怎么推荐，这种情况下老总肯定是先有了大致的结果，再决定采取什么形式来操作这件事情。因此基于上面我自己对公司谁会去学习的初步判断，我想老总肯定会流露出推荐刘副总去的意思，然后几个高层领导通通气就可以了。而我要做的就是等着老总告诉我结果，然后整理相关的报名资料。

在做完上述判断之后，我就没把这件事放在心上。没想到第二天一上班，老总通知要开行政会，专门讨论推荐读研的问题。我对老总的这一举动有些不太理解，而去了之后老总的开场白更是令我大跌眼镜。他在简单传达了文件精神要求大家畅所欲言之后，沉吟了一会儿说："我看马副总合适，分管行政，公司管理得井井有条，这次又是推荐去读管理专业的研究生，专业对口嘛。再说马副总是我们公司高层中最年轻的一个，工作有魄力，成绩显著，也符合'年轻有为'的标准嘛。"

老总既然这么说了，大家也都心领神会，随后的讨论简直是一边倒，唯一有异议的是马副总本人，一再推辞，但那也许只是谦让吧，最终对大局也没有影响。会议开得很成功，很快就形成了决议。而我对老总在会上的态度一直百思不得其解。

几天后，整个公司都知道马副总要去读研了，对于这样一件和大家切身利益原本关系不大的事情，背后的议论却很多。而马副总一连几天没有笑脸，我心里的疑团也就越来越大。直到某天和一个混迹职场的朋友喝茶，谈及此事，我说出了我的疑问，她很惊讶地说："你是真傻还是装嫩啊？这还不明摆着，读研不是什么好事，全日制的，三年不在公司，等你回来公司人员变了，情况也不同了，等于是个新手。一张硕士研究生文凭有什么用？在职研究生不是一样可以拿毕业证书申请学位？"

朋友的一番话让我醍醐灌顶，想着在学校的时候一个个拼了命似的去考研，而时过境迁以后，一切都不一样了。

我在会客室贴了张警示，上书“此处仅供待客之用”，我以为我们的员工都和我一般聪明，会领会我的言外之意。

会客室的沙发

清洁工郝姨她站在我面前欲言又止了好一阵子，我正在忙，她不开口说话，我便没有搭理她，任由她在我桌子旁转来转去。郝姨经常有一些不明白的事情或她认为不公平的事情要我来解释给她听，比如加班费，比如工作分配不均等事情，但平时都是急急地来，急急地走，这次怎么吞吞吐吐地难以启齿似的？

“郝姨你有什么事么？”我终于忍不住问了她一句。她看着我，迟迟疑疑地问我忙完了没有，我说：“你有事先说啦，我还要忙呢。”郝姨神神秘秘地附耳过来说：“宿舍那边，会客室那沙发上面，这几天总是有脏东西。”“脏东西你清洁一下就行了，有什么奇怪。”我顺口说道，说完，我突然领会过来，脸刷地红了。郝姨她真是个好人，她在我身边磨蹭了半天，就是为了营造一个利于我理解语言的环境。

郝姨说，这些天早上她来打扫的时候，总是发现沙发上的污迹，一天两天便算了，要是这样长久下去，不知会出什么事呢，郝姨的脸涨得通红，仿佛这个世界已经不可救药了。

我和郝姨决定自己解决这件事情。基于公司宿舍管理制度，会客室的门是不能关的，不然有外来的访客，就没地儿待了。宿舍里，男的住在三楼，女的住在四楼，男女要一起活动，只能在公共活动室看电视打乒乓看图书，公司只为这些健康的活动提供场地，而那些“不健康”的活动是不允许的，但是，现在居然有人另辟蹊径了。这让我很好笑地想起《侏罗纪公园》的一句台词：“生命自有出路!”而我，是个扼杀生命的管理人员。

我在会客室贴了张警示，上书“此处仅供待客之用”，我以为我们的员工都和我一般聪明，会领会我的言外之意，但是根据郝姨的报告来看，警示书并未发生效用。我和郝姨开始使用排除法，由郝姨深入宿舍群众中，把入住宿舍并有谈恋爱迹象的人员名单列了出来，列了出来后，我有点茫然，难道我要一一和他们谈做爱的地点问题?

我没有找恋人们谈话。但是，我还是采取了措施，在晚上十一点之后把会客室的门上锁，早上打开。但是，过了两天，锁坏了。看来，我这种扼杀生命的行为是不可取的，锁坏了之后，我再没有要求会客室上锁。但是，我必须对郝姨有个交代，我不能让郝姨一直处在会客室沙发的阴影中，郝姨那焦急的神情，让我感觉到道德的压力。

郝姨终于向我爆料说，品管部组长阿红和司机小黄最有嫌疑。我提请辞退了他们两个，辞退员工之前我向老总做了简短汇报，我说，要严肃宿舍管理制度，所以，不得不。老总沉吟了一下，签了字。

沙发事件之后，我总觉得自己道貌岸然得不像自己了，不苟言笑了好久。后来，也就慢慢淡忘了。

我，包括我的同事们，我们虽然有无数的理由怀疑骆总有二奶，但是，我们确实不曾目睹过，所以，骆总他一直是个好男人。

好男人骆总

每个星期五下午，我都会接到骆总太太的电话，她在客套寒喧一番之后，很委婉地问我骆总有没有订票回香港。根据公司规定，港籍工作人员可以在周五的下午四点以后回香港，一般来说，骆总回香港的票总是我去订的。虽则如此，我仍不明白，为什么骆太太总是先把电话打给我，而不是直接打给她的老公——我的老总骆先生。

我不得不和骆总交流一下关于骆太太的电话问题，因为我连续三个星期答复她说："我还没有接到骆总的指示。"骆太太明显不满意我这模棱两可的答复，而我也觉得，我总是用这个理由来客套对她有点残忍。我见过骆太太几次，她是那么"真心诚意"地想和我做朋友，还送了我名贵香水，还和我推心置腹地诉苦，说看住一个在大陆工作的老公是多么地不易。

但是，我很明白自己的立场，我首先是我老总的秘书，然后才是骆太太的朋友。所以，当骆总心照不宣地对我说："以后咱们主动地打电话给骆太太好了。"我就明白骆总的意思了。每逢星期五中午午饭后，我就拨通骆太太香港家里的电话，和她聊上一会儿天，然后说说我们公司最近忙的是什么，最后才说骆总回或不回香港。

骆总回香港的次数少，不回的次数多。我告诉骆太太骆总不回香港的原因是公司里有事，约了客户或者生产很紧张，总之，骆总在骆太太的印象中，是个为了家人拼命工作的好男人。其实我并不知道骆总每个周末在干什么，他偶尔会回一下办公室。他回办公室的情况是我通过保安了解到的，虽然在我看来，骆总有时候并没有周末去办公室转一下的必要，但我很能理解他的那种心情：自欺欺人！因为，我总是在国际长话清单上看到骆总在周末用办公室的电话打电话给骆太太。

骆总要我订酒店给他的太太和两个女儿入住。我知道骆总在大陆是有房子的，我们还曾经去过他的房子，并想在他的房子里找出女人的痕迹来。我相信骆总他具有反侦察的能力，他坦然地面对我们暧昧的微笑，说，你们找不到什么的。我们果然也找不到什么暧昧的痕迹。骆总他对我说："骆太太一直以为我住在公司的高级职员宿舍，那里不能招待家属，所以要住酒店，明白不?"我点点头，其实我很不明白，为什么骆总要对骆太太隐瞒一间如此坦荡的房子。

周末我陪骆太太四处看景点，途中，骆太太又给我讲香港人在大陆包二奶的故事，这些故事在报纸上看过许多，可我还是对此话题保持高昂的兴趣。等到她把话题转到骆总，我很严肃地告诉她说："骆总他是个好男人，我们全体同事还没有在他身边发现过除了骆太之外的第二个女人。"

我，包括我的同事们，我们虽然有无数的理由怀疑骆总有二奶，但是，我们确实不曾目睹过，所以，骆总他一直是个好男人。

要是你想当老板，建议你先去做一下采购员；要是你做了采购员，而找不出现有体制的漏洞，那你就不是一个合格的采购员：一个不会寻找体制漏洞的采购员将来绝不会是一个精明的老板。

让采购员们都没得玩

要是你想当老板，建议你先去做一下采购员；要是你做了采购员，而找不出现有体制的漏洞，那你就不是一个合格的采购员；一个不会寻找体制漏洞的采购员将来绝不会是一个精明的老板。

阿辉他是个普通的采购员，在集团公司工作四年之后辞职，辞职是被迫的，因为他被怀疑贪污。他走的时候没有喊冤，他说，作为一个采购员，没有理由不被怀疑贪污的，当那么多人的目光都集中在你身上的时候，那就是你该离开的时候了，把机会留给下一任同事。

阿辉很快在深圳开了一家属于自己的公司。我们都知道他的第一桶金来自哪儿，但大家都心照不宣。每年都有做采购和做业务的同事出去自己办公司，还留在办公室的同事们，都把他们当做自己的目标。大家，包括我们的高层都很清楚，到底是谁给了谁机会，但是，没有谁能够去弥补体制的漏洞。

其实，我们都想坐到体制的漏洞里去，但是，一些人坐在离漏洞比较远的地方，他们都觉得必须采取有效措施来遏止贪污。于是我们经常开会，每开一次会，每张采购单上的签名都会增加一个。可是，采购员们还是前仆后继地去开创自己的事业，看来，只用增加签名的方式来扼杀贪污是不可能的。

阿辉经常打电话来 show 他的娇妻美眷香车宝马，顺带说起以往带着工程师们到处看厂的风光。他还得出结论说，要是自己没有做过采购员，就不会有发现，也就不会有改进。阿辉无疑是聪明的，当别人的问题成为他自己的问题的时候，他就采取了纠正措施。他神秘地说，若我有一天做了老板，他才将他的经验传授给我。他说："我不能断了我后任们的财路啊！"

阿辉的意思是说，在我们增加签名的方式之外，他有了更好的措施来防止贪污。但是他不能说给我听，因为我一旦建议公司采取措施的话，采购员们就没得玩了。"有得玩才是一家大公司欣欣向荣的景象嘛！"阿辉的语气幸灾乐祸。

前两年，和我们公司合作的名噪一时的 AD 公司说倒就倒了，他们的采购员们作鸟兽散，其中的一个采购员前两天刚从我的手里取走了一只名牌手机。我们的目的是想让他催他们的财务部门尽快将货款付给我们。说难听点，临死，还让 AD 公司的采购员玩了一把。

我和老总去 SY 集团谈业务，他们的采购员们把我们晾在会议室里大半天，最后说，没有空啊，请你们以后再来。我和老总深知我们的前续工作没有做好，那时，我真想建议老总重金买下阿辉的独门秘方并弄个管理顾问公司推广之，让所有的采购员们都没得玩才好。

但是，就算阿辉那几招能行，适用于他小公司的招数放到大公司，也能行么？大公司的采购员们太厉害了，他们总是有得玩，真让我气难平啊！

如果那选择优劣明显，就没有问题了，但是，如果两种选择旗鼓相当，选择就成了心事，成了烦恼，成了睡不着觉的理由。

SWOT 分析法

同事小钟好不容易爬到部门主管的位置，正想喘口气，没想到又面临人生的选择。如果那选择优劣明显，就没有问题了，但是，如果两种选择旗鼓相当，选择就成了心事，成了烦恼，成了睡不着觉的理由。

小钟有几个晚上睡不着觉了，他来找我，说请我去吃宵夜。无事献殷勤，非奸即盗，这话有点言重，但是，小钟请我吃宵夜，绝对不可能没事。小钟是个喜欢听取别人意见的人，分析问题总是要罗列个一二三四项，做个决定也会来个甲乙丙丁，他来找我，我就是他的一二三四项的任一项，却不知能不能成为他的甲乙丙丁之一。

小钟在两杯啤酒下肚后，说他是研究生，我点点头；他说他在电大兼职，我又点点头；他说他的命运现在面临转折点，电大请他做正式的老师，他需要做出决策。这次我不点头了，小钟是关键部门的关键人员，如果他走了，后果有点严重，而我，根本无法在短时间内找到一个能替代他的人。我的第一反应是：不能怂恿他走。

趁他有几分酒意，我说我有一种比较方法，可以让他知道哪个选择是正确的。学理科的他对我的建议很感兴趣。于是我找来一张白纸，假设他选择当电大专职老师，我采用了 SWOT 分析法：优势、劣势、机会、威胁。也就是说。罗列两种选择的优势、劣势、机会和威胁。

优势：有两个假期，工作和收入稳定，没有多大压力，通过努力可以成为管理专家并赚取外快，对以后孩子的教育有好处，有一大堆学生可以作为社会资源加以利用，有桃李满天下的成就感。

劣势：相比商界来说，工作相对枯燥，永远不可能像李嘉诚那样富有，接触人的层面小。

机会：相比于同事，因年轻后进，机会小；相比于外界，机会更小。

威胁：几乎没有。

结论：若以温饱小康为目标，可选择做老师；若要富可敌“诚”，绝不可做老师。

小钟听了我的分析，看着后面的“机会”和“威胁”那两项，说：“那两项几乎没有？”我说：“是啊，你说人生要是没有了机会和威胁，那活着还有什么意思呢？”他把满满一杯啤酒喝下肚，道：“人生要是没有了机会和威胁，那是真的没有意思。我还是需要在机会和威胁中寻求成就感的嘛，谁说我不可能是李嘉诚第二？”

小钟决定不走了。我看着他离开的背影，心里惴惴地，还有没有第二人给他做这种 SWOT 分析法呢？要是人家分析的结果与我的结果相悖，我不就惨了？阿门！

海伦养了一条咬自己的狗。不久，珊儿被调离了业务部。海伦说，她是聪明，但就是缺了点什么，所以她的聪明让人看着害怕。

她到底缺少了点什么

珊儿这女孩子特别能干，每天风风火火跑上跑下，对本部门的事情，事无巨细，无不知晓。所以同事们找业务部沟通的时候，总喜欢找珊儿，找到她可以节省很多时间，而得到的回复也是最正确的。

海伦是珊儿的头头，她觉得珊儿是她一手培养起来的，现在这么能干，海伦也为部门中有珊儿这样的职员而自豪。但是，海伦认为，珊儿再怎么能干，也是老太太放到宝玉房中的袭人，怎么都不可能成为正室的。海伦从来不认为珊儿有取代她的野心，她总是觉得珊儿缺少了一点什么，虽然珊儿看上去是那么聪明。

珊儿经常向海伦讲述一些家里烦心的事情，比如家里父母生病了，哥哥不争气，做什么生意都亏。海伦听多了，便会给珊儿一些经济上的帮助，包括宽容她在工作中的小小违规。后来，海伦发现一些小客户的订单不见了，去问珊儿，珊儿说，我外发出去了，最近我妈的病又加重了，我需要钱。这些客户在我们这儿，我们并没有多少利润，但发到那些小厂子，就可以赚差价了。海伦并不这样认为，小客户积少成多，就算利润不大，但可以拉低生产成本。海伦有点生珊儿的气，但是想到珊儿经常诉说的家庭惨况，海伦有点心软。海伦想，自己是部门的头，属下居然利用自己的同情心公然违规，这有点过分了。她对珊儿说：“下不为例!”

这个月报表上显示出来有小客户的流失，我奉老总之命去找海伦。海伦说，是因为我们公司的单价太高所以人家走单了。我说：“你有如此能干的手下珊儿，还怕没订单么?”海伦苦笑了一下，说：“看在我们同事这么多年，算是一起打拼过来的，告诉你实情吧。”于是她把珊儿的事情告诉了我，我们谈了好长一阵，觉得这件事必须处理，但是，我俩都不想伤害珊儿的既得利益，也想保住珊儿现在的职位。我们的想法是一致的，也就是说：珊儿必须现在就收手，不然大家都会很难做。集团里对什么事都大惊小怪，要是这事捅出去了，查起来就不仅仅是这件事情了，连老总都会难以交差。

海伦要求我找珊儿谈话。第二天，海伦找借口出差，我再拿着月报表到了业务部，说：“珊儿，海伦不在，你给我解释一下客户流失的原因吧，虽然他们单量小，但对我们公司的产品质量一直是比较满意的，他们一直接受我们较高的单价的啊。”珊儿很平静地坐在我面前，说：“这事儿你得问海伦，她上个月一直延交他们的货，说小客户不怕得罪，先保障大客户的供货，我就是照她的意思做的。”她把海伦签名的生产排期单放到我面前，上面果然没有排小客户的单。

我的心凉凉的，要不是海伦的话在先，我会接受珊儿的解释，但是，我现在的感觉是：海伦养了一条咬自己的狗。不久，珊儿被调离了业务部。海伦说，她是聪明，但就是缺了点什么，所以她的聪明让人看着害怕。

我们心里面挺感谢旧老总在过去两年中对我们的数据操练，让我们懂得了“完美”的做假方法，知道了协同合作的重要性。

“完美”的做假方法

我们又召开了秘密会议。每个月底，老总就会召集各主要部门开会，除了会计部。我们的会议内容是不能让会计部知道的，虽然我们会议的主题与会计很有关系，就是本月利润或亏损!

不知道还有没有别的公司在开我们这种性质的会议，到现在想起来，我觉得这种会议的存在是管理制度的失败，是上有政策下有对策的最好诠释。如果公司去年的平均利润是两百万，那么少于两百万就需要写报告向董事会解释，要经常去坐坐冷板凳。要是多于两百万，那却是应该的，老总从上头也得不到什么奖励。所以，这任老总上任之后，他就有了开秘密会议的惯例。

在召开秘密会议之前，老总煞是费了一番苦心，他和各部门主管聊天套近乎，经常一起喝酒吃饭，和他们结下了深厚的友谊。在适当的时候，他就提出，把每个月的做货情况平均化。也就是说，不顾事实上每个月接单多少，都按上年的平均盈利情况来上报给董事会。这个月的单量要是多了，就算是已经做出来的货，也要算到下个月的数里面。那样子，利润总是保持在中庸位置，他不需要月月口头检讨、书面报告了。

老总这种不负责任的偷懒行为，导致了我们工作量的急剧增加，也着实考验了我们处理数据的能力，还锻炼了各部门之间协同作战的能力，也证明了我们的忠诚度——谁都没有将此事透露给会计部的任一人员。做假要做得像真的一样并不是件很容易的事情，需要一个全盘的统筹人物，但包括老总自己，都不想做这个统筹人物，他只有一句话："你们的数是平的，没有破绽就行了。"为了没有破绽，我们频繁地开会，对数，让每一工序的数据看上去都合情合理，十分完美，我们每个人都觉得是自己在统筹这盘数。

业务部的人很尴尬，这个月送出去的货，要人家先不要盖章，到下个月再盖验收单。客户觉得我们脑子有问题，人家送了货都想急着收货款，恨不得在月底前就将货全交全了，无须再被延一个月才付款。唯有我们在积极地提请人家延期付款，真是笑掉了客户们的大牙。

老总任期两年，两年之后，换了新老总，我们不约而同地松了口气。大家心照不宣地不将这件事情说给新老总听。其实，我们心里面挺感谢旧老总在过去两年中对我们的数据操练，让我们懂得了"完美"的做假方法，知道了协同合作的重要性。

但是，我们这帮所谓部门的头头们，知道了这个道理之后，公司就有危险了。那段时间，集团里正大力开展职业道德教育，不知道我的同事们有什么心得，于我，总是有点想冷笑，虽然我听教育讲座的时候也很认真。

我的朋友阿延总是要我们谢媒，我告诉他，让我们走在一起的，只是因为我的老总那可爱的虚荣心。

因为老总的虚荣

每年年底，我总是会为一件事情着忙，就是公司的每年成立庆典。很巧合的是，公司成立的日期与我的生日是同一天，于是在这十余年中，我总是和公司一起过着生日，公司是一年年地成长，而我是一年年地老去。到我二十七岁那年，公司成立八周年，老总说，八是个好数字，我们请新闻单位给我们来宣传一下吧，你去找个记者来。我的老总他有点虚荣，他快退休了，他想在他离开前留点口碑，所以，他的虚荣是可以理解的。

我并不认识什么记者，但我认识政府机关里搞宣传工作的人，于是我去找了个熟人阿延，请他找个记者来给我们写点东西。他很热心地帮我的忙，他和那个记者都在我所邀的贵宾名单里面。阿延向我邀功道："记者不好请啊，后来，我把你给夸奖了一番，特别强调你还待字闺中，他就答应来了。"我听了笑笑，多好色的记者啊！

记者果然来了。一个白净且稍有点腼腆的男人，他和我说话的时候不敢看我的眼睛。晚宴上有抽奖，他抽中了一辆自行车，送给我。他回去之后写了个新闻发在一版，因为我曾得过一个不起眼的奖。可就是因为那个奖，新闻的主角居然是我，公司和老总反而成了我的陪衬。我把那天的报纸给藏了起来，但还是有很多客户和供应商看到了报道，打电话来贺我。我很心虚，看见老总也有点讷讷，老总居然还对我说：“他那个新闻切入点不错嘛!”这话听在我耳里，很不是滋味。过几天，我收到他一封信，我收了信没复他。从此不再联系。

半年后，老总又开始虚荣了。我们公司赞助一份杂志，成为杂志的理事，每年交理事费。杂志社组织理事会成员进行所谓调研活动，老总说他年纪大了，没精力参加这些活动，我便代替他去。那次是参观本市的一家国有企业玻璃厂，在巨大的生产设备上爬来爬去的，我的鞋子当场牺牲。在附近的步行街买鞋子的时候，手袋给抢了。那时我正供楼，是我最拮据的时期，而那天，手袋里还装着我去交房款的钱，以及手机和所有证件，这件事让我非常沮丧。当晚我一个人在房间里发呆，觉得特别孤独无助，想找个人说说话。于是我找了通讯录来，好在那时的手机存储量不够大，联系方式都是记在本子上的，我一页页地翻，翻到了记着那个记者手机号的那一页，心想，就找他说话吧，从周年庆典后到现在八九个月了，不知他找到女朋友没有呢？于是我打通了他的手机，他好像在一个很吵闹的环境中。他对我说：“手机快没电了，我打过来，我一定会打过来。”

第二天我们见了面，一个月后，1999年台湾大地震那天，我在结婚证上按了手印，成了他的妻子。我的朋友阿延总是要我们谢媒，我告诉他，让我们走在一起的，只是因为我的老总那可爱的虚荣心。

我们还会在一起，会天天见面，这辈子，怕是分不开了。我们在这十年共职时光中创造了一些故事，我想，这些小小的故事，是我们自己的传奇。

传奇

海伦·杨是我的妹妹。在我进这个公司的第一年，她就已经在那儿做文员了。我那时在另一个地方上班，我们要见面的话，来回需花费36元，那时工资不高，一半花在路费上了。妹妹说，为了省钱，我们得在一起。其实，我们还有第二种选择，就是：为了省钱，我们可以少见面。但是，妹妹似乎没有想过第二种选择，她认为，我们应该在一起。

于是，我来到了妹妹所在的公司，成为一个秘书。集团内规定，亲戚不能入同一个职能部门，所以，我是属于行政的，她是属于业务的，我们的工作看起来井水不犯河水。1994年，她用的电脑是香港总公司搬上来的，用仓颉打字法才可以输入，妹妹凭着小时候看繁体字小说的功底，硬在一个星期内把仓颉输入法给学会了，并达到每分钟40字的速度，听说这个速度让我们的港籍同事们对她刮目相看。

我一直很自豪我有个漂亮能干的妹妹。有时候，有人对我说："你没有你妹妹好看。"我一点都不生气，反而很开心。在我眼里，我妹妹确实是很漂亮的，但是，她似乎一直没有把她的漂亮派上用场。公司里土著女孩子们经常欺负外来的妹妹，把很多应该由她们完成的工作推给妹妹去做，我听说了，有点愤愤不平，但妹妹劝我道："反正我有时间，加班就加班呗，等我什么都会了，有没有她们就无所谓了。"后来的几年间，公司每年在绩效考评之后都会裁掉一些人，但是，妹妹一直都不在裁员名单中，最后，她可以指挥别人干活了，大家开始称她为海伦·杨。

我和海伦·杨一直在一起。开始，我们住同一间宿舍，后来，妹妹说，我们得有个自己的家，于是，我们一起供了个房子，住了三年。三年后，我出嫁了，带着妹妹住到了夫家的新房里。半年后，我的妹妹嫁给了我先生的弟弟，她也有了自己的家，搬了出去，但是，我们还是一家人，而且应该永远是一家人了。

那么久，我和妹妹一直没有分开过，我们一起上班、下班，在午餐时间讨论一下彼此的工作。我们经常在一个会议室开会，她代表她的部门发言，我记录她所说的话。我喜欢她的自信，喜欢每天上下班的途中坐在她的身边。有她在，我不会那么寂寞，她总是那么自信，可以消解我偶尔产生的悲观。人们经常夸奖我们姐妹感情好，我会幸福地说："姐妹同心，其利断金。"

我们做妈妈只隔了三个月。我先休三个月的产假，公司默许大着肚子的妹妹顶了我的工作，轮到她休产假的时候，我去上班了，公司又默许我顶了妹妹的工作。这似乎违反了公司的规定，但是没有人反对。于是，我的妹妹她开始指挥我为她干活，我很乐意。

我们还会在一起，会天天见面，这辈子，怕是分不开了。我们在这十年共职时光中创造了一些故事，我想，这些小小的故事，是我们自己的传奇。

每天可以见到不同的人，每一天都有不可知的情节发生，度量并帮助着他们之间的算计，犹如打电子游戏，我以此为乐。

三合一

我每天上班，面对的都是部门经理、客户、供应商，几乎都是老总级的人物，最不济的也是衣冠楚楚的业务员，他们身上有着强烈的古龙水的味道，我在他们中间，错觉生活里面就是一堆做生意的人，而生活就是做生意，互探消息，问，要茶或者咖啡？他们在饭桌上斗酒以示友情深重，肚子里面却在计算着盈亏；我审时度势，找话题打圆场，保持良好的饭桌气氛。这种生活并不让我厌恶，反之，每天可以见到不同的人，每一天都有不可知的情节发生，度量并帮助着他们之间的算计，犹如打电子游戏，我以此为乐。

后来，因为人事变动，我暂时兼管了人力资源部，才发现，因为做秘书这个职业太久，使我慢慢地忽略了生活的另一面，虽然生活的另一面与我如此之近。车间员工为了几元的加班费三番五次地上来讨说法；清洁工因为分工不均向我投诉；司机因为跑的长途远了一点，提出要增加些许补贴；有员工身体不适要求让他去检查是否是职业病，尽管全公司职工刚刚体检过……他们的态度认真得让我害怕，但是我必须面对他们，我试图以规章制度里的条文去答复他们，把他们的问题套入某个条文之中，满足或者拒绝他们的要求，或者以部门的名义出文向上面征求意见。在做这些的时候，我感觉到了有点不爽，我必须站在公司利益的这一面，去面对员工，不管我看了多少遍《劳动法》，不管我用劳动法的条条框框去说服（应该说是威胁）我的老总守法，我还是感觉到自己，我不能有同情心，我只能有规章制度和法律法规。

就在那时，有关部门要求我们公司建立工会，公司要求我做工会主席，我告诉老总说，工会主席不能由人力资源部的负责人担任，这是规定。老总淡淡一笑，道："法不责众，我认识的那些公司里，都是管人事的在做工会主席。要是随便让某个工人做了工会主席，闹事了怎么办?"我的港籍老总居然也很了解国情。于是，我们开了个全体大会，进行工会主席选举，我理所当然地做了工会主席，在会上，所有的员工都面无表情，似乎事不关己，没有人反对。

我却是像模像样地主持了工会的工作，建立了工会组织，要求公司按工资比例拨付工会费用，那是一笔不算少的钱，可以每个月组织员工搞些活动，或者去不远不近的地方旅游。工人们很兴奋，他们才感觉到了工会的好处。可是，四个月以后，会计部不再划拨工会费用到工会的账户上了，询及，收到答复说，上头看到了这笔费用，他们认为别的公司并没有月月划拨工会费用的，我们也可以不划拨。

此后一直没有进行过选举，我不知道我还是不是工会主席；我还是兼管着人力资源部，但只是挂个名而已，我不再过问具体的事情；我仍旧是个秘书，安排老总一天见几个客人，我问他们咖啡或茶。但是，我已经学会把生活的两面进行比较，这有助于我保持清醒的头脑。

苏格兰围巾

她是我们公司新来没到三个月的漂亮女人，眼珠子特别黑，看起来水汪汪的，虽然我是女人，但我也喜欢长在她脸上的那对水汪汪的眼睛。

那个不爱学习的老总让他的手下们给玩走了，因为他只会看文件上的白纸黑字，因为他只是个会签字的老总。

培训老总

骆总上任的第一天，我把一叠书和资料放到他的台面上。他问我干什么，我说，您应该把这些书都看完，您可以一边看一边去各个工序转一转，这样容易理解书本内容。骆总他有些尴尬，但我并不在意他的表情，我想，他应该会理解我的。虽然他是我的老总，可是他现在对什么都不懂，我不希望我的老总是个对业务一窍不通的笨蛋，只知道在支票上签字的时候抠门，然后闹个被整个集团传诵的笑话。

我没有告诉骆总，他的前几任都看过我给的这些资料，而且他们都比较虚心好学。上任美国人伦总，他的学习能力是一流的，不久之后他就可以和厂长争论买哪种设备比较好，而不用受谁摆布。做个老总，要是什么都不懂，那受人摆布的机会多了去了。我暗示了一下骆总，上任伦总在他在任的两年中，虚心好学，表现出色，一出去就有人为他投资上亿元建个新厂让他玩。

骆总倒是领会了我的暗示，上班的前几天总是在翻我给的资料，他翻了几天之后，很神秘地对我说："除了培训这些业务知识外，你还应该培训我点什么呢?"我说：

“我知道的啊，每一任老总上任的时候，总是问我：‘上一任他干了什么见不得人的事情没有？有什么黑锅要让我背的？’”

骆总哈哈大笑，他说，他最想知道的就是这个。我告诉他说，会计部是属集团直接管的，会计那边要是没有问题，那就是完全没有问题，最重要的是，您也不要产生问题，所以，才让您看那些资料。骆总他拍了拍我的脑袋，让我感觉，他像个战友，而不是我的老总。

其实，我知道我们公司各部门的头头都希望老总什么都不懂，他们说风就是风，说雨就是雨，老总就只落得个签字的分儿。在我的四任老总中，只有一任老总不看我给他的资料，他的宗旨是，有风使到尽，也就是说：我现在是老总了，要把老总的威风耍尽，但他耍了不足一年就走了。他不知道知己知彼才百战不殆，他以为他的部下是让他来指挥，来颐指气使的。其实，所有的部下都只能用战斗的心态对待。那个不爱学习的老总让他的手下们给玩走了，因为他只会看文件上的白纸黑字，因为他只是个会签字的老总。

骆总他总是在各部门频频出现，还像模像样地查看各工序的数据。我不知道他到底看懂了没有。骆总他经常和各部门头头谈心，亲如兄弟姐妹，但是，我也不知道大家心里到底有没有感觉到春天般的温暖。总之，骆总的任期很长，达到三年。

而她的先生，一如继往地在台上唱歌，唱的是男中音。在合唱团成立庆典的晚会上，她去参加了，笑容有点失落。

出纳阿芳

出纳阿芳是广东人。俗话说“天不怕地不怕，就怕广东人说官话”。虽然阿芳的普通话在广东人中算是出类拔萃的一个，但有时也不免露了广东人的马脚。有一次和她一起出去公干，她要下车，对司机说：“老金司机，你慢慢死，我要下车了。”我和老金司机一时听不明白，想了半天，才明白，原来“慢慢死”就是“慢慢驶”，但老金司机回过神的时候，已经开过她要下车的地方，于是我们让她下车慢慢走回头，作为她要老金司机“慢慢死”的惩罚。

虽然阿芳的普通话经常会闹一些笑话，但是她却是一个有十年历史的合唱团的成员，那个合唱团是民间的，小有名气，去过欧州、香港、澳门、台湾等地演出。因为阿芳的关系，我得以经常观看她们的排练和演出，知道他们唱歌用的全是普通话。阿芳唱女中音，在台上穿着洁白的长裙，嘴巴张成O形，唱得很投入。我在她唱歌的时候，没有找到她的笑料，这让我有点气馁。我又不甘心地去笑话她：“那些说话结巴的人，唱起歌来可顺溜了，看你也差不多。平时普通话说不好，唱起来没有问题哦。”她总是笑嘻嘻地面对我的取笑，不以为忤。

我很佩服有毅力有恒心持之以恒地做一件事情的人，比如阿芳。那个合唱团，是没有工资发给他们的，也就是说，所有的活动都是义务的，合唱团出外演出，包括出国演出，偶尔会有些赞助款，但是不敷使用，团员们必须自己补齐这些费用。这对阿芳来说是一笔不菲的费用，平时她十分节俭，但对于她的合唱事业，却是一如既往地热爱，她经常对我感激地谈起帮助她们合唱团的人。

在一个大雨滂沱的晚上，我接到她的电话，她希望我派部面包车，因为他们合唱团的成员在去某学校排练时让雨阻了，她希望我能帮助一下他们。她知道我在公司里有调派司机和车辆的权力，但是，在这样的天气里让司机出车，而且为的是私事，有违纪嫌疑。我和她说，要她和我合作一下，叫她十分钟之后再电话我。我先电了司机，说有份合同要马上送去某处，在半路上接到阿芳的电话，于是我可以对司机说："你把我放下，去帮忙接一下阿芳他们。"司机觉得等我也是等，便答应了。

后来，我经常假公济"她"一下，我和阿芳成了比较亲密的朋友。她认为我帮助了合唱团很多，在我，不过是做顺水人情而已。而她，却在为一个毫无经济利益可得的实体做义工，就为了她热爱的歌唱，为了投入地把嘴巴张成O形。我似乎从来没有为什么东西投入过，其实，我很羡慕她。

阿芳她总是穿着俭朴的衣服，二十七岁的她头发已经白了，合唱团的一个男孩子娶了她，她有了孩子，不能染发，戴了假发套。不久，做了妈妈，自己一个人带孩子，在办公室里，她不再和我谈合唱团，谈的是孩子。而她的先生，一如继往地在台上唱歌，唱的是男中音。在合唱团成立庆典的晚会上，她去参加了，笑容有点失落。

两天后，收到快递公司送来的快件，里面是四张飞上海的机票，还有我们交给他买两张机票的钱。

吴先生

我们一直称他为吴先生，我们指的是我和海伦（我的妹妹）。我是在会客室里见到吴先生的，他是原材料供应商，他希望和我们公司合作。他和我约了时间，我却忘了通知我的老总，老总恰好出去了。这是我工作的失误，所以，我请他到会客室的时候，心里颇为内疚。但是，我没有说是我忘了，我说，老总有急事出去了，不好意思。我说：“吴先生，我可以转达你的意思，你也可以留下资料。”

吴先生看起来是个随和的男人，稍胖，看样子四十开外，他说，没关系，我留下点资料你帮我转交吧。他给我资料之后，就和我闲谈起来，说他老家是福建的，公司在上海，在深圳设了个办事处。说儿子不争气，初中毕业不肯读书，看来也只好做生意了。我说，做生意好啊，将来像李嘉诚一样有钱。

吴先生和我们公司合作的事情进展缓慢，最主要的原因是吴先生他好像并不急于要做成这笔生意。他经常打电话来，主要是和我聊天，说天气说地理，间或问我同种原料的最新价格，这些价格我不是很熟，但是分管主要材料采购的海伦对此很熟，我总是问了海伦之后再告诉他。

转眼就快到春节，所以，吴先生打电话来的时候，自然地谈起了彼此的老家，我说，我的家乡，离上海并不远。又说起和我一起工作的我的妹妹海伦，我说，她将和我一起回老家。年前的机票特别紧张，吴先生电话我说，他可以帮我们买到机票，于是我和海伦将钱和身份证号码装到一个信封里让公司的司机交给吴先生买机票。两天后，收到快递公司送来的快件，里面是四张机票，还有我们交给他买两张机票的钱。也就是说，吴先生他帮我们出了四张机票的钱，多出来的两张是我和海伦的返程机票。

他这是什么意思？我和海伦研究了好久，生意没有做成，难道他是在行贿我们，让我们帮他成功地与我们公司合作？其实，我和海伦一直想帮他的，将他的原材料上生产线试用了，并写了合格通过的报告，只要他降低一点点价格，比原供应商稍低，就可以成功地替换掉原供应商了，当然，这需要吴先生直接面对我的老总，把事情敲定就行了。

我和海伦春节回来后，把买机票的钱装在信封里交司机送给吴先生，但司机又将信封原封不动地交回给我。于是我们一直想把公司和吴先生公司合作的事搞定，但是，吴先生似乎再也不提合作的事情了。他还是打电话来问其他品牌原材料的价格，包括进口的材料，其实，海伦也从他那儿得到了许多资讯，把海外供应商的价格压低到连海关都感到惊奇，总公司还因此表扬了海伦。

时间过去八年多了，断续地得知吴先生的一些情况，他离了婚，又娶了新夫人，他说他不相信他的新夫人，也不相信他只会玩乐的儿子。我们一直叫他吴先生，透着客气，听他诉说，我们不敢多说一句话，怕说多了有点假。

老总的办公室，长方形，大班桌就放在长方形的中间，与墙平行，方方正正，应该没有什么风水问题。

堪舆学

我派了司机把从香港来的风水先生接到了公司，在他到达之前，我封了一个红包，红包里装了五千港币。说心里话，我认为风水先生与我们街头常见的算命先生差不多，给个千把港币算是到顶了，但是，我的老总认为他值五千港币，我当然不会否定我老总的价值观。咱有机会看香港的电视台，常看到衣冠楚楚的风水先生在荧屏上讲学问，他们称为堪舆学，所以，我称他们为风水先生实在有点不敬，他们应该被尊称为“堪舆学大师”。

坐在我面前的“堪舆学大师”显然不是我电视上看到的那个人，他姓唐，我和老总都称他为唐生。唐生一身唐装，我曾经见过一个自称诗人的人叫梦亦非，也穿一身唐装，所以，我乍见他时，以为见到了个诗人，直到我看到他手上拿的罗盘。唐生很酷，也不和我们多说话，简单交谈之后，他就开始工作了。

他首先巡视了一下我们开放式的办公室，到财务部所在的那块，他明知故问，这是财务部么？我和老总都点头称是。他说，无遮无挡的怎么行，财为水，不流光才怪呢！老总点头称是，我急忙记下来；唐先生继续到处转，我们也跟着他转，转到养着金鱼的鱼缸处，道，养金鱼做什么？进利进利，应该养锦鲤才是，老总又点头，我又赶忙记下来。唐生再转了转，没再发表什么意见，老总说，看看我的办公室吧。

老总的办公室，长方形，大班桌就放在长方形的中间，与墙平行，方方正正，应该没有什么风水问题。

我挺喜欢我老总这样摆桌子，在那个位置，他看不到我，我就没有那种如芒在背的感觉了，可以偷偷懒，偶尔伸个懒腰也没有问题。我请唐生坐在一边的沙发上，给他斟了杯茶，悄悄地把红包放在自己口袋里，等一会儿送他时奉送给他。没想到唐生一坐下就滔滔不绝了，说什么老总办公室的风水最重要，然后告诉我老总说，他的桌子在这长方形的对角线上，而老总的椅子就在那三角形里，这样才合老总的命数。我听着冷汗直冒，这算是什么美学啊，要我老总坐在角落里？但老总听了很兴奋，对我说，安妮啊，你叫两个杂工上来把桌子给我搬成唐生说的那样。我叫了杂工，顺便叫了电工，因为移了桌子，电话线啊电线啊网线啊也要一起移啊！

我又安排司机送唐生回去，送他上车时将红包交给他，他很坦然地收下，说，以后你们保证财源广进太平无事啦。我虎着一张脸上楼，看到杂工和电工在老总办公室忙活，想到从此背后在受到老总的注目礼，心里就有火熊熊燃烧啊！

老总在办公室转来转去，转到我身边时对我说："安妮，安排人收拾那间空房，把会计部的人都移到房间里去吧，这样四面墙挡着，水流不走啦；还有，明儿安排人去买八条锦鲤。"过一会儿，老总又过来说："安妮，锦鲤不用安排人去买了，他们不会挑花色，我自己去挑！"

还没有到过年，我就收到了老赵六箱苹果，他们委托我，其中两箱给老总，两箱给会计部经理。我照例是两箱苹果。

老赵追债

我认识老赵很久了，因为久，渐渐地领会到一方水土养一方人的含义，也就是说，若某人站在我们对面，我们约摸能领略到一方水土对其的影响。当然，我绝对不是想说哪个地方的人的坏话，我只是借我的耳闻目睹描述一下我见到的某区域中的人，而且还能拿老赵和小李比一比，从而得出，同样是橘子，为什么种到不同的地方味道会不一样。

这么多年，我每年过年的时候都可以吃到老赵的两箱苹果，老赵的苹果确实不错，不存在费精神去考虑先吃好苹果还是先吃烂苹果的问题。所以，我们的合作一直都很顺利，除了某一点。

某一点合作上的瑕疵，其实也不能全怪我们公司，几乎全中国都这样。我们向台湾人买货，须得提供银行担保，开好 L/C，人家船务公司才会放货给我们。但是，大陆的厂家互相做生意，要是长期合作，批量较大，那最少就得三个月结。说是三个月，往往就是半年了，说明白一点，就是三角债问题。债不是不还，而是慢慢还，我卖出去的产品款迟迟收不到，用什么去付供应商的钱？人家也不是不付，只是慢点付。

咱们对待以老赵为代表的供应商的策略也是慢点付，老赵也习惯了我们的慢，三个月结，等于是五个月结，要是超过半年，他们就慌了。开始是打电话死催采购部，采购部顶不住，他们也觉得追采购部没戏了，就开始骚扰老总。老总从来不听催债的电话，催债的电话都得我来听，我告诉他们，老总出去了，老总正在开会，老总要出差很久才能回来……

这样一来，他们更加抓狂了，打电话没有用，就上门了，上门的不是一个人，一般是一伙，但是不多于五个人，个个都是大汉。他们不顾保安的阻拦冲将上来。我把他们让到会议室，关上门让他们大声议论，老总是照例不在的。我想，我是个小女子，量他们也不会向女人动粗，我解释说，你们的货款我们会尽早安排，大家都要互相体谅各自的难处。老赵说，这些话在电话里都听厌了，麻木了。以老赵为代表的追债分子们开始拍桌子，我就叫保安上来，站在我身边，听他们自己人和自己人喷唾沫，最后他们说累了，说，给个时间吧，让我们对上面好交代。

轮到我说话了，我说，我们现在欠的不止你们一家的款，欠小李的比欠你们的还多，但是小李听我们的解释，我们的款一到就会安排付给他们，你们这样子，到时候付了钱，大家结束合作关系好了。老赵马上换了个脸，其他人也跟着换了脸色，说，不是这意思，不是这意思。

其实小李也是经常追款的，但是小李追款不一样，小李一来，温文尔雅亲切客气得让我不好意思，小李的小礼物都是精心挑选的，而且面面俱到，该有的人，人手一份。于是小李总是能得到最真实的资讯，从而来决定采取什么措施，所以，小李总是很淡定。不久，开始安排付款，我把小李的公司排在第一个，把老赵的公司排在最后一个，交财务部处理。老总很满意我这样的排序。

还没有到过年，我就收到了老赵六箱苹果，他们委托我，其中两箱给老总，两箱给会计部经理。我照例是两箱苹果。

办公室里面的同事们听到她大称自己“我是袁小姐啊!”颇有点诧异，闻声而惊，虽然大家都知道“小姐”这个词有点暧昧，但从袁小姐口中出来，绝对是正气浩然。

“我是袁小姐”

最近有点闲，闲起来最要紧的是打发时光，于是在一哥们的QQ群里闲聊，看到群里有个人的名字非常特别，叫做“作家某某某”。“某某某”是因为我现在将其写到了这篇文章里，怕涉及个人隐私，所以做了“马赛克”处理。他那跟在“作家”二字后面的，确实是真名实姓，丝毫不掺假，开始我以为是哪个颇有黑色幽默的哥们在群里取的名字，为了探个究竟，我这个好事者看了看他的QQ资料，确定他的QQ名字就叫作“作家某某某”。当然，这样取个昵称也无可厚非，何况我这种孤陋寡闻的人不知道若干著名作家，也是稀松平常之事。

接下来，在那QQ群里待了几天，见多了一些这个“作家某某某”的言论，平白地、不由自主地、自然而然地让我想起了我的同事袁小姐。袁小姐刚来时是个普通会计，长得精瘦精瘦，声音却是中气十足，她在办公室所占的位置和我的位置相距二十米有多，听得到她讲电话，第一句总是：“我是袁小姐啊!”开始，办公室里面的同事们听到她大称自己“我是袁小姐啊!”颇有点诧异，闻声而惊，虽然大家都知道“小姐”这个词有点暧昧，但从袁小姐口中出来，绝对是正气浩然。

久之，大家也习惯了，当她的电话响起，邻近的同事们会心一笑，促狭的，会用气声模仿一下“我是袁小姐啊!”此般口气，似乎成了我们的不太光明正大的一个乐子。

后来，我和我的同事们发现，袁小姐对我们构成了威胁。在没有袁小姐之前，开各部门会议的时候，通常都是老总开始讲，中间各部门有事发言，没事噤声，再由老总做结。众人都不喜欢开会，都希望早早议事结束，各归其位，所以大家都比较懂言简意赅之道。但是，有了袁小姐之后，我们坐在会议室的时间比没有她之前增加了一倍。袁小姐她说话很有艺术，因为她是会计，仿佛生产的每个环节都与她有关，都需要她去担心投入产出，故在她的发言中，洋洋洒洒地重复引用老总和各部门经理的言论，从而得出最后结论：“拥护老总的英明决定!”我们在椅子上坐得心急如焚，袁小姐讲得慢条斯理，她说话的语气与电话中“我是袁小姐啊!”相仿，她的语气让我们感觉她已经是万人之上，一人之下了。再看我老总，居然是一副非常受用的表情，他居然在微笑……

我对“作家某某某”产生过一种错觉，以为他已经不惑或者临近古稀，因时代的关系而遗留了某种心态，但后来得知，作家某某某不过二十多岁。所以，别以为我的同事袁小姐经历了特定时代而有此心态，袁小姐她和我同年，和我们年轻的同事们相差无几。

我现在因为“作家某某某”而想到了同事袁小姐，若是我认识“作家某某某”在先，我一定会因为同事袁小姐而想起“作家某某某”。我有点悲哀的是，我们的同事袁小姐后来居然做了财务部的经理，她在接电话的时候改称自己“我是袁经理啊!”在她再一次升迁之前，我们一直在饱尝她的会议折磨。所以，我不能怀疑“作家某某某”，就是他自己所说的“我是全中国排名第十三位的著名作家”。

自从他去我们的客户I公司开了一次会之后，他的口头禅就变了，就成："林子大了，什么样的CEO都有。"

什么样的CEO都有

工程部经理阿文有一句口头禅，遇到看不顺眼的人，就爱说："林子大了，什么鸟都有。"但是，自从他去我们的客户I公司开了一次会之后，他的口头禅就变了，就成："林子大了，什么样的CEO都有。"那时候，CEO这个称呼还不是很流行，有些同事听他这样说，还真不知道他说的是什么意思。我因为经常看寄到公司里来的《福布斯》《世界经理人杂志》之类的书籍，所以对CEO这个词有点印象，但是我仍旧不明白，阿文为什么把林子里的鸟改成CEO了？

我们的客户I公司曾经很牛，有报道说，I公司的CEO每天为某大电视台开进一辆奔驰（当然不是以实物形态），所以，在没有去过I公司之前，我对I公司充满了敬佩之心。因为我算了算，每天以一辆奔驰计的广告费，得花去多少产品的利润啊，我算不出来，我只觉得，他们生产的产品数量只能用"海量"二字来形容了。所以，当I公司成为我们的客户，即我们公司成了I公司的供应商时，大家确实欢欣鼓舞了一番。

我终于得见了I公司的真面目，对它的感觉就如见了一个长相很丑的富豪。同行的阿文忍不住说了一句："不就是一个乡镇企业嘛!"但我的老总说："人家有钱就行。"每天花一辆奔驰车的广告费，能不算财大气粗吗？我们都被它给"盖"了。合作之后，司机送货去I公司回来，回来就到办公室诉苦。他说："你们知道吗？I多一次，痛多一次啊!"问他为何，其向我们形容道，I公司收货部尽管摆了几台电脑，但是，电脑没有联网，他们全是用手工收单验货，排着队，早上去，晚上才能回，在那儿等到太阳落山，花儿谢了，肚子饿了，心儿痛了……阿文听到了，就会跑出来对我们冷笑，道："我说了，不就是一个乡镇企业嘛。"那时候，阿文还没有将林子里的鸟改成CEO。

林子里的鸟是怎样变成CEO的？原来，阿文接到I公司工程部的通知，要求他去I公司开会，I公司的产品出现了质量问题，要求几个主要的供应商的工程技术人员必须到他们公司去帮他们找原因想办法。阿文应邀前往I公司，坐在具有"乡镇企业风格"的会议室里等待开会，会议时间已到，各个供应商的代表已到，就是I公司的人员没到。在阿文这些工程师等待开会的过程中，大名鼎鼎的CEO路过会议室，看到一群人坐在里面，便拐了进来，一屁股坐到会议桌上，正是阿文所在位置的左手边。CEO居高临下地对着阿文敲了敲桌子，道："你，什么人来着，做得了主么?"阿文一怔，随即答道："贵公司所议是技术问题，我当然可以做主。"CEO横他一眼，又不屑地以目光巡视一番众人，扬长而去。此事给阿文造成了比较严重的"心理阴影"，难怪他在很长一段时间内，总是嘀咕："林子大了，什么样的CEO都有。"

我找了找当初商谈合作时那位CEO发给我老总的名片，上面果然印着"某某某CEO"，在那个时候，这称呼确实够时尚了，但是，就是这个时尚的CEO领导的I公司，给我们公司留下了比较严重的后遗症，但那是另一个故事了。

会议是在审判长的威吓声中结束的，那女人的声音特别尖锐，至今我还记得。作为这个城市的公民，经过法院的时候，偶尔会脸红一下，同时感觉一下作为债权人的可怜。

I公司的钱哪儿去了

I公司在一夜间烟消云散，马上就有人出了一本关于I公司的书，卖得火爆极了；我的老总也火爆极了，因为I公司的倒闭，我公司多了一百三十多万烂账。多了烂账并不稀奇，主要是因为和I公司合作成功之时，我老总在董事会成员面前风光了一阵子，而现在，要他再去董事们面前解释这烂账的因果，情何以堪啊！

我们口头称这一百三十多万为“烂账”，但心里还是想着这钱也许可以要回来。俗话说，瘦死的骆驼比马大，烂船也有三斤钉，这么一间声势浩大的公司，总得有点资产在吧？于是我们走了司法程序，走了司法程序才发现，别的债主已经走在我们前头了。I公司的厂房是租的，设备抵押给银行了，车辆和库存的商品已经给抢在前头的债主们贴上封条了，我们唯一的收获就是将我们公司的名称列在I公司债权人的名单上面，其实，我们只是小债主而已，还有几千万的债主呢，债务总额达五亿之多。看着名单，我们稍有点心理平衡，心想，咱们还只是在河边湿了脚而已，人家那才叫真正的淹死。

债主们成立了一个事务组，我公司也参加了。事务组

的名称取得特别长，我们简称为“讨债委员会”，我公司只是讨债委员会的小成员，听说这个委员会为I公司的商标估值准备拍卖、寻找被转移的资产，等等，但最后我们都没有得到振奋人心的消息，反而听说，I公司的商标早就抵掉给人了。I公司做得真是绝啊，偌大一间公司，居然连根草都没让我们拔到。

感觉“很久很久”以后，法院突然来函说，I公司的资产已经清算完毕，要我们于某月某日去开会处理债务事宜，这无异于黑暗之中见到了一线光亮。但是我的老总心有隐忧，他说：“安妮啊，你代我去开这个会吧，需要我去的时候你再电话我。”

我代替老总去参加I公司债权人会议，到了法院，见到门口竖了个牌子，上写：“因人数太多，参加I公司债权人会议的请到图书馆电影厅。”真是牛啊，债主多得要用电影院才装得下。我急急地赶到电影院，已经济济一堂，我找了个角落坐下来。I公司无人到会，审判长是个中年妇女，一开口说话就用不耐烦的口气，道，I公司资产清算完毕，所有资产现金加起来一共五万元。众人哗然，台下有人破口大骂，道：“我们一行十几人来此，坐飞机住酒店，还带了律师来，就为这区区五万元？五万元给我们做路费都不够啊，为什么不在通知函上写明只有五万元？”我觉得人家骂得太有道理了，虽然我公司到法院只有半小时的车程。台下人声鼎沸，女审判长突然惊堂木一拍，尖声叫道：“不许喧哗！”大家静了一下，随即又喧哗起来，女审判长不停地拍桌子，于是，整个会议在一静一闹中进行，大家对那五万元归谁都没有兴趣，五个亿的债务居然只有五万元的资金来还，还要像模像样地开个会议，这本来就是个笑话。

后来，法院的工作人员给我们发了一份表格清单，上面列了公司名称、债务金额。但是，我们很快悲哀地发现，这张清单上，我们变成了债务人，而I公司却是债权人。我们这些债权人代表，又被这个失误激怒了……

会议是在审判长的威吓声中结束的，那女人的声音特别尖锐，至今我还记得。作为这个城市的公民，经过法院的时候，偶尔会脸红一下，同时感觉一下作为债权人的可怜。

当今欠债的和债主之间，可不像当初的杨白劳和黄世仁，两三个狗腿子打手跟着，讨不着债也可以出一口气。

再也没有黄世仁

年关将近，还是说说“讨债”的问题以期引起共鸣。我有个开公司的朋友，总感叹曰，这过年前，什么事都不用做了，希望能在除夕夜之前将欠款讨回来就是上上吉啦。当今欠债的和债主之间，可不象当初的杨白劳和黄世仁，两三个狗腿子打手跟着，讨不着债也可以出一口气。现在，欠债的把电话一关，还真有点上穷碧落下黄泉，两处茫茫皆不见，讨债难，难于上青天，甚于蜀道。

我说的可不是非法放高利贷的，而是白纸黑字的合同盖着红通通的章，还有双方别致的亲笔签名，要不是签名下面还有打印的宋体字，你还真不知道欠你债的那个公司的经手人是谁。某年的年关之前，奉老总的旨意，我的公文袋里装着老总亲笔签名的文件编号为ZDYGOxx01016.DOC的催款书去一间以生产学习机出名的X公司见他们的老总，我这里要说明一下我为什么要写清楚档案编号，ZDY是咱公司的代码，GO表示总经理室发文，后面就是几几年几月第几号文件。在我动身去X公司之前，我公司已经发过数次催款函给X公司。为了对董事会表示我们确实是在进行紧锣密鼓的催款工作，一般都会将催款工作的过程形成书面文件，这样，我以后写报告的时候，可以详细地引用时间和档案编号来显示我曾经做过的工作，而不是流于无形。如此，既向 X 公司催了款，又保护了我自己。就算款未催到，我也可以洋洋洒洒地在报告中说明，我没有功劳也有苦劳啊！在这里我又要说明一下，我说的“我”指代的应该是我的老总，而不是我本人。

如我所料，X 公司的 X 经理果然不在。他在不在没有关系，我来过了就可以了。接待我的是他的秘书，这时我很好笑地想起了一句象棋的口诀：小卒过河当车使。在她面前，我不能把自己当秘书，我代表我的老总，所以，我得像模像样地调整我和她说话的口气。她居然也不是省油的灯，句句将着我的话。唉，物以类聚，无赖的老总也会有无赖的秘书。我这个本应该像黄世仁一样飞扬跋扈一番的债主，最后只能放下我的催款书灰溜溜地回了公司。

放年假前几天，收到 X 公司的会议通知，说是讨论还款的问题。但是一看开会的地点，却不是在 X 公司里面，而是在 X 公司所属的集团公司，我们直觉不妙。我的老总又派我这只小卒过河了，他还是一句老话：“有事打电话。”果然，我在会议中不停地打电话给我老总，我老总又不停地向董事会请示，因为 X 公司所属的集团的高层说，X 公司的业务已经全部结束，X 公司已经不存在，他们能用来还款的只有他们的产品——学习机，那位高层脸色阴沉，香烟一支接一支，呛得我们透不过气来。他一字一句地说：“X 公司是独立核算的法人，你们要是不要学习机抵债，尽可以向法院起诉。但是你们要知道，X 公司除了那些学习机之外，已经没有任何资产。”

我们公司的大货车往返四次，终于将一千多台学习机拉回了公司，还专门腾了个仓库出来安放。此学习机市场价不足五百元，且处于淘汰期。但，我们抵债回来的学习

机每台七百四十元，放年假前，欲将那一千台学习机发给员工代替过年的福利年货，但是员工们拒绝了。

小月突然从一个部门经理的秘书，变成了销售公司老总的秘书，在别人看来也只是个名称的改变而已，但是对小月来说，她对她自己的感觉起了微妙的变化。

小月坐火车

小月是销售公司经理的秘书。有一段时间，我们集团里的部门名称起了重大的变化。比如，本来是生产部的，变成了工业公司，本来是销售部的，变成了销售公司。对这些名称的变化，我们除了以前叫顺口了有点不习惯之外，具体的操作还是一样的。照我推想，部门变成公司，成为一个法人，也算是独立核算自负盈亏的前提吧？这个推想有点拎勿清讲勿清爽，我还是说说小月。

小月突然从一个部门经理的秘书，变成了销售公司老总的秘书，在别人看来也只是个名称的改变而已，但是对小月来说，她对她自己的感觉起了微妙的变化。按照惯例，各部门经理秘书都是不印名片的，但是，小月变成老总秘书之后，她向行政部要求印她的名片，而且还弄得很正式，她写了份格式完全正确的“准印名片报告”给行政部，上书因为工作内容起了显著变化，对外联络接触增多等需要一张名片的理由，在各部门经理的秘书中引起了一番震动，我就是在这件事情中知道小月这个人的。

知道有她这个人之后，就不由自主地对其有所关注。我不否认我是个好奇心特强的人，经过和小月的对比，我

发现我是一个特别内敛的人。要是我是小月，我不会这样张扬地去确认自己的身份是不是比以前更高级了一等，虽然，我不否认也许我也会像小月一样因为一个名称的改变而沾沾自喜。

后来，听说小月恋爱了，恋爱的对象是一个港籍员工，再后来，听说自从小月和那港籍员工恋爱之后，慢慢脱离了她原来的生活圈子，进入了另一个生活圈子。据说，她原来的生活圈子是这样的，和我们的生活圈子差不多，就是熟悉的同事、老乡、旧同学等；据说，她新的生活圈子里面，都是外籍人士。唉，虽然台湾只隔一水，虽然港澳已经回归，但是在小月的新圈子里，来自台港澳的都算外籍人士。和小月熟悉的同事讲起她的时候，总是会似酸非酸地称呼她为“高级人”。

我以前听人说过一个道理，说一个在五星级酒店做服务员的女人通常很难嫁出去，就算嫁出去了也会心有不甘。因为她总是处身于有钱人当中，处身于那些并不真正属于她的圈子中间，所以，她会产生错觉，以为自己就是那圈子的一员。闲来无聊想及小月的时候，我也会用这个道理来揣测她的心态，我一点也不在乎小月是和内籍还是和港台籍的在一起。我喜欢胡思乱想让上帝发笑，我在想，某一天，小月她会不会因为重新审视自己而感觉到羞愧？

故事的结局是小月告诉我的。因为工作的关系我和她有了接触，还是出于好奇我淡淡地问了她一句“最近怎样？”小月开始诉说，她说她失恋了，她又回到原来的圈子中，她和老乡们一起回老家，坐在众多的民工中间，她在火车上深刻地反省了自己。

她没有告诉我，她在火车上反省了什么。一年以后，小月考研成功，辞职读书去了。

有一阵子，集团内大兴土木，把好端端的装修拆了再重新装修，办公楼的大堂本来就够宽阔豪华了，也拆了重新装修，看来非得装修成超过五星级酒店不可。

大兴土木的理由

我们集团出口额排在中国五百强之内，想必是为国家赚了很多外汇。但是，这又是我想当然的想法，因为学过一点点经济知识，我总是会不由自主关心一下 GDP，关心一下汇率，甚至关心一下三农问题。当我从某本经济类杂志上看到我们集团的名称的时候，心里有点惶然，惶然的是，我对我们集团的辉煌了解得太少了。

当然，我不是尽信辉煌表象的人，甚至不相信眼见为实。我也填写过相当多的报表交给各种职能部门，知道数据里面的水分。我有一点一直弄不明白，有些数据明明可以在一些职能部门查到，为什么偏偏要企业自己填，填了还不去查证，照填企业报的数据就算是调查过了。所以，当一些调查表放在我桌上需要我填的时候，我总是很不以为然，甚至拖着不报。不报也没有问题，过一阵就悄无声息了，想必有关部门已经帮我填了数字上去了，那些胡乱填的数字被引用之后，就比较有权威了。以上只是本人泛泛而谈，并不是在怀疑出口额的准确性，我相信，因为出口退税的规定，我们集团应该享受了税务上的优惠政策了。

有一阵子，集团内大兴土木，把好端端的装修拆了再重新装修，办公楼的大堂本来就够宽阔豪华了，也拆了重新装修，看来非得装修成超过五星级酒店不可。这些本来不是我们这些小职员过问的事儿，但是我看着心疼，而且装修的噪音也吵得人心烦，于是多嘴去问了知道点内幕的人道：“如此大兴土木，劳师动众，端的为何？”知道点内幕的人嘲笑我说：“你还说你读过经济，这也不懂。反正要交税，把钱花在装修上就可以少交很多税啦！”我听得一头雾水，我发誓，我的经济学老师真的没有教过我们：把钱花在装修上可以少交税。但是，我们集团内多的是各种高级人才，当然也不乏经济和会计人才，他们懂的一定比我多，所以，集团做出的决策一定是对的，绝对是有利于集团公司的，这毋庸置疑。

大规模装修完成后不久，我们集团公司又迎来了一个大人物 W 来视察参观，很遗憾的是，我没有资格亲眼目睹大人物 W 的风彩，我得到的只是大人物走后的道听途说。有一天，出去公干的车上，有个高层饶有兴致地讲起大人物 W 视察公司的情景，说他如何如何赞扬了公司的规模和管理，然后就问及了有关数据营业额和纳税有关的数据，得到回答后，大人物 W 当时沉默了一下。大人物 W 走后没几天，税务局的调查组进驻了集团公司，内幕消息说，W 下了指示：“他们不可能纳这么少的税，你们一定要查清楚。”

后来，听说集团公司被罚了款，到底罚了多少，我没有刻意去打听。

王志文是上海人这一事实让于姐受了很大的打击，她一直念叨不已：“他怎么会是上海人呢？他怎么会是上海人呢？……”

阿拉上海人

刘姐和于姐都是我的同事，刘姐是上海人，于姐是东北人，她们俩水火不相容。刘姐是行政部管总务的，于姐是个司机，两个人都快五十岁了，也同事了好多年，本应该是什么事情都看开看淡的年纪，但是，因为出身于不同的地点，她们俩把她们自身的矛盾升华成了上海人和东北人之间的矛盾。

轮到于姐接我们上班，刘姐总是会坐在第一排，就坐在于姐的后面，于姐可以在倒后镜中看到刘姐，而刘姐坐在第一排的时候，总是摆出一副“领导在此”的样子，于姐受不了刘姐在倒后镜中的猖狂，总是把倒后镜扳到一边去，还会突然来个急刹车，把坐在第一排的刘姐吓一跳。而我们知道了这个规律，但凡于姐开车刘姐在车上的时候，我们总是会坐得稳稳的，把手抓得紧紧的，以防于姐突然对刘姐反击。

于姐最看不惯刘姐上海小姐的派头，刘姐看不惯于姐东北人的粗鲁。在我们局外人看来，刘姐也确实太热爱上海了，开口闭口都是“我们上海”，虽然她已经离开上海几十年了。刘姐每回一趟上海，必烫头发买新衣，回来后

一一展示给我们看，道：“此地哪烫得出这样的头发啊？此地哪有这样料子的衣服啊？”咱们一般都会附和一下她的好心情，只有东北人于姐，把眼一横，说句“德性”就走开了。因为刘姐快退休了，在上海置了房产，自从在上海有房子之后，她就把上海的硬件也挂在口头了，什么世贸大厦啊，什么东方艺术中心啊，什么上海音乐厅啊，一一与此地做比较，从而强调她即将入主上海的幸福感。

我从来就不是一个打击别人幸福感的人，刘姐和我说上海的时候，我最多描述一下我小时候见过的上海，我说，小时候到上海亲戚家里去，没有地方睡，只好打地铺，房里地铺也睡不下了，一双脚还得伸到门外面去才行。刘姐这时会大叫起来，现在不会啦，你现在去我上海那个家，你们全家人都去也睡得下啊。唉，在刘姐的描述中，我也越来越热爱上海了，现在的上海已经不用倒痰盂刷马桶了，确实应该是值得我热爱一番了。可惜，我不是刘姐，我没有热爱上海热爱到将东方明珠电视塔据为己有的程度。

于姐她是个影视迷，还是个追星族，像刘姐热爱上海一样，她热烈地爱上了王志文，她逢人便说王志文是她的偶像。有一次于姐开车的时候，又和我们大谈王志文多么好，她就喜欢这个瘦瘦又硬朗的男人，于姐说得热火朝天，忘记了针对刘姐，我们坐了有史以来最安全的一趟车。刘姐在下车的时候，慢悠悠地说了一句：“王志文他是上海人。”

王志文是上海人这一事实让于姐受了很大的打击，她一直念叨不已：“他怎么会是上海人呢？他怎么会是上海人呢？……”

报关员能喝酒实在太重要了，不仅要能喝酒，还要能打麻将，还要能唱 K，这些都能了，才算是一个真正合格的报关员。

酒精免疫

招聘报关员，面试到老总那一关时，老总就会多问一句："你能喝酒吗？"这时候，要是对方摇头，我的老总就会迟疑，不会一口答应人家明天就来上班，而是说："再看看吧，到时候通知你。"

我开始的时候一点都不明白，为什么要把报关员当做公关经理一样使用？所谓报关员，就是办理一下进出口事务，和海关和检验检疫部门打打交道而已，做的都是流程式的工作，凭什么要能喝酒呢？但是，在九十年代和海关打过交道的人都会知道，报关员能喝酒实在太重要了，不仅要能喝酒，还要能打麻将，还要能唱 K，这些都能了，才算是一个真正合格的报关员。

能喝酒的和不能喝酒的就是不一样。比如，同是提一个货柜出来，能喝酒的报关员一个电话就搞定了，不能喝酒的报关员要弄上几天，还要来回跑着盖公章开证明，麻烦一大堆。货柜提不出来，而生产线等着开拉，从上到下急坏一大帮人，所以，怪不得我老总需要一个会喝酒的报关员。

会喝酒的报关员生性开朗豪爽，喜与人打交道，工作

起来，各部门上上下下的都像她的亲戚朋友，工作效率自然非同一般了。与此同时，会喝酒的报关员报销的各种应酬费用名目繁多、数目可观，但老总都是很爽快地大笔一挥，签了报销。这种鼓励，让几个不会喝酒的报关员也学着喝起酒来了。

小郑刚来应聘的时候，也被我老总问能不能喝酒，她红着脸点点头。当晚老总就带了一帮同事及小郑去喝酒，小郑的酒量令我们口瞪目呆，而我老总如获至宝。后来，每次老总要去需要喝酒的应酬，总是问小郑能不能陪他去，而小郑也总是很爽快地答应他。每次在饭桌上，小郑是理所当然的明星，她不管喝多少酒，都不会脸红，不会呕吐，不会有任何异常，令大家对她印象深刻。一个人让人记住了，总是好办事，所以，小郑尽管喝了那么多酒，却因为没有喝多了酒出丑而获得了大家普遍地尊敬。

我也是喜欢喝点酒的人，却不敢乱喝，因为我不像小郑那样无惧于酒精度数的高低，我总是得记住我喝到某种程度就应该打住。我想，小郑她那种能喝的人，就是传说中的“酒精免疫”。时间一年年过去，小郑也结婚成家了，想着要孩子，被她的先生勒令不准喝酒，有时公司聚餐，她先生还会来抽查一下看她是不是在喝酒。为了下一代的素质而紧张，我们都理解，同事们都拥护国家的优生优育政策。但是，小郑在海关因喝酒而建立深厚友谊的那帮朋友们还没有接受好国家的优生优育宣传，所以，小郑不得不辞了职。

新世纪开始，小郑又回到我们公司工作。总归是新世纪，小郑的喝酒功夫似乎派不上什么用场了，她跑了几趟海关，回来和我们说，海关的工作人员现在都对“酒精免疫”了，而我们的新老总再也不会在面试时问应聘的报关员：“你会不会喝酒?”

有了Internet之后，大家无时无刻不在进行交流，但是，人与人之间似乎是越来越远。

自从INTERNET以后

一九九八年，上网费特别昂贵，但也不能扼制我初上网的热情，我一个月大约要用去近千元的上网费用。那时还得拨号上网，一上了线，家里的电话就占线了，一上线谁的电话都打不进来，包括我的老总伦先生，他打不进来就call我的传呼机，因为他是我的上司，我不能不复电话，所以就不得不断线打电话，打了电话再连线。我的老总伦先生受的是美国教育，都说洋人公私分明，其实不然，他想起一个小问题就会马上打电话，指示你如何如何，这种作风，其实应该算是中国教育，咱们有诗为证："我生待明日，万事成蹉跎。"我的老总伦先生就是一个有事从不等待明日再做的人，

伦先生对我家电话的接通率有着极大的意见，但是，上网这件事，是伦先生在公司里推行，并且，几乎是他教会我们上网的。当其他公司都没有电子邮箱的时候，我们的名片上都印上了电子邮箱，因为伦先生喜欢使用先进的"生产工具"，包括网络。他让我们知道了上网原来并不仅仅是打开Outlook收邮件，打开IE还有另一番天地。主要管理人员的电脑上都配上了一个"猫"，可以利用自己的

分机线收发邮件。照伦先生的话说，用打个电话的时间上一下线，发了邮件就断线。还特意召集全体同事开了个会，叮嘱我们，切记："不要挂着线写邮件，要先写好了再连线。"但是，自从大家发现 IE 比 Outlook 好玩的时候，同事们办公桌上分机的接通率也大幅度下降。

最初的上网行为并没有如伦先生所料的那样，让我们的工作有更好的沟通，相反，因为占用电话线上网，反而阻碍了工作上的沟通，更糟糕的时候，大家巧合在同一时间上线，就会把所有的外线都霸占了，客户们打不进电话来，怨气冲天。伦先生这个看似黄皮白心的假洋人，居然也知道大禹治水的经验，他说，在这件事上不能堵，堵就是历史的倒退，只能疏通，让每一条河流都流向海洋。

不久后，我们有了专线上网，有了专线之后，还真成就了伦先生的初衷，我们的工作效率确实提高了，内内外外的沟通比以前更快更顺利更清晰，但是，大家渐渐地发现，上班时热热闹闹的办公室变得冷清了，同事们一上班，不再先去茶水间倒水并稍作停留，顺便谈一下天气，交流一下感情，而是首先开电脑，开了电脑在 RTX 上面打声招呼："狗摸您！（good morning!）。"我们的办公室越来越安静，静得只听到敲打键盘的声音。

有了 Internet 之后，大家无时无刻不在进行交流，但是，人与人之间似乎是越来越远。比如我，我越来越懒得开口说话，一整天总是黏在椅子上，身体上运动得最多的部位就是手指。日子久了，每天去上班，打开办公室的门，总会感觉一点寂寞，但我还是不得不打开电脑。

女同事们认为，男人认女人做干妹妹，一般有两种情况。一种是追求而不得，又舍不得离得远远的，就只好认了妹妹作罢，不作他想。

干妹妹

听说，业务部经理万勤认了个干妹妹，女同事们对此事各自交换了一下不同意见；男同事们都沉默着，对此不发一言。

女同事们认为，男人认女人做干妹妹，一般有两种情况。一种是追而求不得，又舍不得离得远远的，就只好认了妹妹作罢，不作他想。女同事们被这种假设感动了，我们都知道万勤是个已经结婚的男人，他有老婆有孩子。当然，女同事们很通情达理地认为，有老婆有孩子也不能阻止一表人才的万勤经理爱上一个出色的女人，或者被一个出色的女人爱上。有女同事纠正说，不要说爱上，应该说暗恋，万经理他爱上了一个女人或被一个女人爱上，但是想到自己已经没有爱的权利，所以只能暗暗地把爱情藏在心里，最后把它升华成人间至高无上的亲情——兄妹之情。

女同事们假设的另一种情况是，万勤经理他其实已经和他的干妹妹勾搭成奸，但是为了掩盖事情的真相，掩人耳目，就以干妹妹相称，女同事们又被这种假设激怒了。女同事中不乏已婚者，她们为了捍卫家庭的完整有本能的

警觉，虽然这个干妹妹并不是她们自己的老公认的，而且，这个传闻中的干妹妹与她们风马牛不相及。但女同事们都把自己假设成了万经理的老婆，从而感受到了千般难受、万般煎熬，她们觉得，有必要让万经理的老婆知道这个情况，避免被蒙蔽。

我的女同事们都是受过国家高等教育的人，虽然想象力比较丰富，但做起事情来却有条有理，逻辑性十足。她们当然不会贸然地去找万夫人，虽然，其中的一两个同事是万夫人的闺中好友，她们认为，她们应该首先了解事情的真相，再采取适当的行动。

业务部的女同事利用近水楼台之便，开玩笑地说，万经理认了干妹妹了，应该请餐饭才行，也让我们见见万经理干妹妹的风采。万经理淡淡地笑，说，好啊，约个时间。

万经理没有否认认干妹妹的事情，那么，这个干妹妹不是子虚乌有，而是确有其人。女同事们和万经理约好了吃饭时间，大家都有点期盼吃饭的日子早点到，得以见见这个干妹妹是何方神仙，长成什么样子，出色到何种程度。

吃饭的日子终于来到了。为了不输于万经理的干妹妹太多，女同事们都精心妆扮了一番。但是，我不得不感叹说，这世事真是出人意料啊，这男人的眼光怎么了？女同事们，包括我，在饭桌上见到了万经理的干妹妹，居然是一个胖胖的毫无特色的女人，她那样子一下子把女同事们的斗志给弄没了。

饭桌上一起吃饭的，还有万经理要好的男同事，他刚好坐在我身边。我便悄声问他："那个女的是什么人来着？果真是万总认的干妹妹么？"男同事沉吟了一下，俯耳向我："她是 ZB 公司老总的亲戚，管采购部，手上有很多单。"

我有时候想，不管怎样冷酷、麻木的人，
心里也会有柔软的时候。

满月酒

我有时候想，不管怎样冷酷、麻木的人，心里也会有柔软的时候。我现在想讲关于一只燕子的故事，这只燕子本来是属于大自然的，属于森林草丛和寻常人家的屋檐的，衔泥筑巢，过它们燕子的日子。我偶然在天空中看到它们的身影，在晨曦和暮色中，我有时候漠然而过，有时候会想象一下它们飞翔的快乐，但那只是一闪而过的念头，我更多的思绪集中于路边五颜六色的招牌、商店光怪陆离的橱窗。

工业区内几乎没有树木，多的是大片大片的水泥地，只有零星以美化之名点缀的矮矮的冬青树，公路边借绿化之名而种的瘦弱的半死不活的小树。这本来就不应该是燕子来的地方，它们来这儿有什么好玩的呢？这里多的只是来自五湖四海的工人，他们天天被加班压着，被低廉的薪水压着，他们没有乐趣来观赏一只燕子怎样飞翔。那些在工业区进进出出的高级轿车和呼啸而来又呼啸而去的大货车，它们可以轻易地撞死一只燕子。

而它，是它们，一对燕子，它们居然来到了这个工业区，它们，居然在我们办公楼走廊上面的屋顶那儿筑了一

个巢。从我的办公室看出去，我看到它们在那儿飞来飞去好些日子，最后，我看清楚了，它们确实占用了我们的地盘安了一个家。清洁工也看清楚了这对不请自来的燕子，她准备用长柄的扫帚将它们的新家扫荡掉，我出去阻止了她。然后，我走进老总的办公室向他报告了这件事，这是唯一一件不用通过书面形式而口头报告口头批示的事件，我的老总说，燕子肯来我们公司安家，好兆头啊，让它们留在这儿吧。我把老总的意思转告给了清洁工，并以十分严肃认真的口气对她说："你好好照看着它们，它们吉祥呢！"清洁工把老总的意思在全体员工中散播，从此，谁经过办公楼，总要绕到燕子筑巢的地方，看看它们还在不在，而燕巢的下面多了一张告示：不准打扰燕巢，违者追究责任。

我没事的时候喜欢盯着燕子的巢看，我的老总在经过我这个位置的时候，也会停下来看一眼它们。某一天，老总突然惊叫了起来，你看，它们有孩子了，它们有孩子了。我也看清楚了，燕子巢边，多出了五个小脑袋，老燕子正在喂东西给它们吃，老燕子一飞过来，五张小嘴都张开，很整齐划一。老总打开窗，听得到它们的叽叽喳喳。老总说："今天是第一次看到它们，就把今天当做它们的生日吧。"

一个月后，老总突然要我订酒席，并且给了我一张参加酒席的同事名单，他说，这是满月酒，我很诧异，因为参加酒席的员工中没有一个是刚生了孩子的，老总笑着向窗外的燕巢呶呶嘴，哦，原来是小燕子的满月酒！

当我从董事长的办公室出来以后，我的同事们看我的眼光却有些怪怪的，我知道他们的眼光里包含了什么意思，可是我不能解释。

非制造成本

董事长叫了我进他的办公室，反锁了门，关了半天。期间，有人敲门，董事长都没有理会，再有人敲门，还是不予理会。如此这般，有若干人来敲门，董事长都没有答应。

所以，当我从董事长的办公室出来以后，我的同事们看我的眼光都有点怪怪的，我知道他们的眼光里包含了什么意思，可是我不能解释。同事阿古与我比较好，她故意来到我的办公室，问我，公司最近有什么新闻没有？我说，你也在这公司，有什么新闻你还会不知道？她意味深长地对我说："有些内幕我不知道嘛！到底有什么事？如果连我也不说，我就也和他们一样认为啦！"

我摇摇头。阿古虽然是我要好的同事，但我还是不能对她说什么。我说，我工作了十几年，知道什么该说，什么不该说，你别逼我罢！阿古的嘴向来不是很严实，要是我说给她听了，那就是等于全公司都知道了。要是全公司都知道了，我的职业道德就要受到正面质疑了，这个风险我是不会承担的。

第二天下午，我又进了董事长的办公室，又关了半天

门。阿古跑来和我说：“这下子你惨了，你要是不对大家讲清事实的话，你一辈子的清名就完蛋啦!”我还是对着阿古摇摇头，道，随他们想去罢，我还是不能说。阿古的好奇心遭受到了前所未有的挫折，恨恨地跑走了。

其实，我也不知道为什么董事长会选中我来做这个工作。自从董事会秘书离职以后，一直没有新人入职，董事长会找我做一些他认为需要保密的工作。我自认自己是个随和的人，同事有什么事情要我帮忙，只要我能做到的，我都会帮忙去做，而且，在工作中我从不议论，做完事情就算数，也不会去把他们的功邀了，总之，我是个随和的好好先生。

需要关在办公室里做上两天的事情到底是什么呢？我真的不好说，就算在这篇文章中，我也不能清楚地描述出来。我只能说，我和董事长分坐在他的大班台的两边，第一个下午，他靠在他的大班椅上，他说一句，我就记下几个字，我记下的几个字中还包括一串数字，然后再分类汇总，然后再总汇总。我把算出来的数字报给董事长。第二个下午，我们还是分坐在大班台的两边，桌子的中央堆着一大堆现金和一大叠信封。我把海绵吸饱了水，开始数钱，把钱装进一个个信封里去。

在我数钱的时候，董事长开始和我聊天。我因为怕数错钱，只好嗯嗯嗯地应着他。依稀听到他说到制造成本和非制造成本，我就集中了一下精神，他说道：“其实非制造成本占到总成本的百分之二十还多。”唉，我真的不想去计算复杂的成本问题，但是，我记住了，我现在数的这些钱都属于非制造成本。

我把所有的信封分门别类地用橡皮筋扎了，然后整整齐齐地放到一个堪称巨大的袋子里，这剩下的工作是不是还需要我去做，就不得而知了。出董事长办公室的门之前，我说："董事长，我出去了，快过年了，我要去把算年终奖的事情给安排好。"

PMC 部的小沈和报关小郑的吵架，究其原因，也是因为十几年以来一直相信的规则，突然在某天发现是错的，而且错得非常离谱，错得必须要分清责任，承担后果。

谁应该学习法律法规

PMC 部门的小沈和报关部门的小郑吵架了。PMC 是物料控制的缩写，在我们公司，PMC 英文全称是“production & material control”，我不知道这个拼写是不是正确的。年纪大了，越来越不相信一些既定的名称，说不定哪一天让人指责道：“你这十几年来以为正确的，其实都是错的。”所以，我想，写文章要慎重，我说 PMC 是“production & material control”的缩写，到底是不是，读者们最好自己去研究一下。

PMC 部的小沈和报关小郑的吵架，究其原因，也是因为十几年以来一直相信的规则，突然在某天发现是错的，而且错得非常离谱，错得必须要分清责任，承担后果。报关小郑说她的工作职责只是负责把原材料从海关处提回来，交给仓库入了仓，她的工作就 over 了，其他事项一概与她无关。而小沈说，她只负责把材料从仓库提出来，根据生产计划合理安排物料，至于同样的物料，哪部分是用在外销订单上的，哪部分是用在内销订单上的，应该是报关员的责任。

这十来年，我们公司一样是同时拥有内销权和外销权的，一直都没有什么问题，突然间在第十一年有了问题。也许是在前十年中，我们不自觉地做到了专料专用。这一年的某一天，海关突然对我公司进行了核查，查到我们有将进口原材料用于做内销产品，这相当于偷税漏税，罚款六十万。

罚款六十万，这是件大事，董事会要求追究“事故”责任人。责任要从根源挖起，PMC的小沈挖苦报关部的小郑说，工作那么多年了，与自己工作有关的规定都没有弄清楚。报关小郑觉得把这责任加给她，有点委屈。她觉得凡是政府颁发的法律法规，作为管理者，谁都有学习、了解的责任，她只是个报关员，她虽然忽略了这条法律法规，但她不应该承担起这个事件的责任。

我们的老总在这件事情上保持了沉默。他甚至也有点迷惑不解，他很迷茫地问我们道：“当内销的单量比较大时，仓库里面有原材料也不能动用？而要特意再去进口一样的材料来使用？”我们都和他一样迷茫，然后都把头扭向我们的报关员小郑，小郑涨红了脸，正欲分辩，我们的老总开口说道：“不用再说了。”

老总向海关递了报告，意思是我们疏忽学习法律法规，无意偷税漏税，请求予以从轻处罚。被驳回，还是六十万。海关处反馈过来的信息是，六十万的罚款算是从轻的了。

最后，我们每个部门都写了检讨，扣了奖金，头儿说，这也算是最轻的处罚了。唉，我心里总是有点怨气，怨有关部门的宣传工作没有做好，要不然，我们上上下下怎么都不知道这么简单的法规呢？

郭姨的语言系统更加混乱了两位本地MM的地理概念，不久之后，两位本地MM都离开了公司。但是，在以后几年遇到的形形色色的本地人，总是会让我想起她们。

本地MM

上海人对上海的热爱向来历史悠久，也算是热爱得有点道理。可是，我最近遇见一个在地级市电视台做办公室工作的本地MM。当时，我正在她们的办公室等人办理广告事宜，因为要等，便注意了一下她们的谈话内容，只听那MM问同一办公室的似乎来自武汉的大姐道："汪姐，你说，我们这个市区大呢？还是武汉大呢？"汪姐没有答她，她抬起头来慌张地看了我一眼，眼神里有点不好意思的意味。而那个提问的MM，却不依不饶地紧追着那个问题的答案。

自从南海的边上被画了一个圈之后，这处苏东坡落魄时才到的地方，莫名其妙地有了股傲气，而这傲气，似乎让本地MM们发扬得淋漓尽致。但凡一个地方，有了发展，各式人等涌入此地，此地的MM们对人便有了各种划分，比如，以语言分，凡说国话的皆为"捞"；以区域分，出了岭南就是北。

我刚进入这幢办公大楼的时候，占据办公室的就是两个本地MM。和我同时入职的是个刚退休又来继续发挥余热的郭姨，郭姨来自上海，而我来自浙江，我和郭姨因为来自不远的地方，故有了种天然的亲近感，我们俩第一天去上班的时候，被办公室的两位 MM 问了一通出处，好在那两位 MM 跟旅行团去过上海，对上海有点印象。但是，她们依旧口口声声地称之为“你们北方”。那时候，我对南海边上的人们的地理知识还没有那么失望，觉得她们只是因为初中的时候没有学好地理知识，至少没有学会看地图，所以才会犯那样的错误。那时候，听着她们声声说着你们“北方”“北方”，并没感觉到她们的话语里有什么高傲或嘲讽，我只是心急地想让她们知道，这地理书上是如何划分中国的南方和北方的。我立马拨拉了一张白纸，在白纸上画了一只公鸡，准备教育她们关于南北方的知识，可是她们马上转移了话题，唉！她们对地理没有兴趣！

过两天，郭姨来问我传真机怎么用。怪就怪那时候的传真机没现在这么人性化，按键也全是英文的，不看说明书还真不会用。我就请教两个本地 MM，我说，反正你们都用熟了，就教教我们怎么用吧。两个本地 MM 对视了一眼，叽哩咕噜说了句方言，然后扔了本厚厚的说明书过来，用本地特色的普通话对我说：“自己看吧！”

郭姨这时候说话了，郭姨一开口说话就把我吓到了。郭姨会说普通话这很正常，郭姨去东北下乡插过队，郭姨的普通话一点上海味也没有，这也很正常。郭姨她在上海长大，会说上海话也很正常。但是，郭姨现在说的是和她们一模一样的本地方言。

两个本地 MM 也和我一样张大了嘴，她们不可置信地看着郭姨，脸涨得通红。想必她们刚刚说了一句对我和郭姨大不敬的话，导致郭姨决定用她们的方言回击她们。

郭姨的语言系统更加混乱了两位本地 MM 的地理概念，不久之后，两位本地 MM 都离开了公司。但是，在以后几年遇到的形形色色的本地人，总是会让我想起她们。

在庆功宴上，她的笑声特别爽朗，我坐在她的旁边，她笑的时候我也跟着笑。晚宴结束后，我有一种想哭的冲动，为什么有的人可以这么坚强？

为什么有的人可以这么坚强

中秋节的前一天，工程师兰姐电话我说要借户口本用用。从外地调入公司的职工，户口都入在公司，美其名曰“集体户口”，不知道这算不算国情。总之，需要用户口本去办事的人，都必须到我的部门来借户口卡，因为是集体户口，他们的户主只有一个。有时候，他们还需要把户主卡也借去，但户主卡只有一张，当其中一个人借用时间过长，就会影响到其以后借户口卡和户主卡的人，所以，我因此又增加了一个工作内容，就是催还户口卡。

来借户口本的不是兰姐本人，而是她的下属阿清。她进我办公室的时候，表情很严肃，我戏笑道：“兰姐要你跑一趟你不乐意啊？”她看了我一会儿，在一张白纸上写借条，写得很慢，她突然抬头说：“安妮，兰姐她没有对你说借户口卡做什么用？”我摇摇头。“兰姐她不是用分机打电话给你的，她今天没有来，她儿子死了，借户口卡要去火化用。”我怔住了，刚才电话里兰姐的声音是那么平静，没有一点异样，我怎么可能想到发生了这么悲伤的事情呢？

事实比我想象的更加悲伤。中秋节前两天，正是星期六，兰姐和她五岁的儿子在家。中午儿子睡着了，兰姐出去买点东西，等她回来的时候，看到楼下围了一群人，人群的中间是她的儿子。原来她儿子醒了，找妈妈不着，门反锁着，唯有厨房的一个小窗口没有装防盗网，他就从那个窗口爬了出来，兰姐家住九楼。

我也是个妈妈，当我听完这些的时候，揪心的疼痛让我说不出话来。任何一个母亲都不能去设想失去孩子的疼痛，我也试着想过，我的孩子要是有个三长两短，我会怎么样？我给自己的答案就是：我一定会疯的。仅仅是假设一下，我都无法忍受了，何况是事实？兰姐她在电话里怎么能那么平静？难道，她想一个人忍受这悲伤。

公司去送慰问金的时候，我没有去。我害怕出现在殡仪馆，害怕对兰姐说安慰的话，我觉得那些话是那么空洞无力。去了的同事回来说，孩子他爷爷奶奶哭得背过去了，而兰姐没有哭，她只是喃喃地向同事解释道："全怪我，全怪我……"

一个星期后，兰姐来上班了，我有事到她的部门去，看到她坐在办公桌前，和对面坐着的同事们商量着工作，她人瘦了很多，眼睛是肿的，脸色灰暗，但是表情平静。她看到我，对着我笑起来，我慌张地留下一份文件就走了。我害怕面对她，甚至不敢正视她的目光。

她一直没有来还户口卡，我也没有履行我的工作职责，催她归还户口卡。事情过去了好久，她的脸色还是灰暗，身体也没有再丰腴起来，眼睛似乎总是肿的。可她的工作依旧是那么出色，还提前完成了新产品研制的任务，在庆功宴上，她的笑声特别爽朗，我坐在她的旁边，她笑的时候我也跟着笑。晚宴结束后，我有一种想哭的冲动，为什么有的人可以这么坚强？

兰姐终于归还了户口卡，她把它放到桌上，眼睛不看它，兰姐拍拍我的手背，转身走了出去，她好像知道我在想什么。

这样繁复的分级就餐制度，不仅浪费了人力物力，使简单的工作变得繁琐，而且也显示出某些制度的虚弱。

分级就餐制度

到现在为止，我学的最后一个专业是工商企业管理，就是因为学了所谓管理，总是会假设若自己拥有一个企业的话，我会如何如何进行管理。这些话题，往往出现于和同学们喝早茶的时候，而不会出现在和同事聚餐的场合。毕竟，把自己假设为一个企业的主人，显得自己居心叵测的样子，在同事和领导面前并不好，但是在同事面前，我并不避讳某个话题，我说，要是我可以做主（“做主”二字不能换成“领导”），我就取消集团现行的分级就餐制度。

所谓分级就餐制度，就是把整个集团的员工分成五级，然后采取不同的就餐待遇。最高一级是董事、老总和副总级别，他们在一个装修豪华的餐厅里吃饭。第二级是各部门经理，他们在三楼吃饭，是自助餐的形式。第三级是办公室职员，餐厅在二楼，虽然也是自助餐，内容就与三楼有所差别。最后一级是普通职员，包括车间的文员和生产线工人，他们在一楼吃饭，排队领盘子，然后由食堂人员往盘子里加食物，也是一人一份。

这样繁复的分级就餐制度，不仅浪费了人力物力，使简单的工作变得繁琐，而且也显示出某些制度上的虚弱。

我一直不明白，难道就因为三楼比二楼多了几块肉而需要进行严格的划分，或者是为了让全体员工深知自己所处的等级，从而捍卫上一级的权威？总之，我对于制定这个就餐制度的人持有深刻的好奇，可惜，我一直没有打听到制定这个制度的人是谁，而他的制度却一直延续下来，从来没有人提出要改变它。每天，食堂的采购人员在计算每一级别的采购量时，是不是需要度量每一级别人员的食量？照我的想法，那个当初制定这个制度的人，应该需要想到这些细节的。

我入职的时候，在二楼吃饭，我的同事阿香因为和我的办公室比较近，所以总是和我作伴去吃饭，因为吃饭，我们有了一种建立在吃饭之上的友谊，吃饭的时候，她会和我讲讲她家里的事情，甚至一些可以算是隐私的事情，同时，她也会经常对我表达一些对于在三楼就餐的经理们的意见，她会说："某某，笨得像只猪，居然升他做经理。"她还会说："某某，就只会拍马屁嘛，也到三楼去了。"总之，在她的嘴里，在三楼吃饭的人，没有一个是有本事的，也没有一个是好人，要是经理是女的，那就是狐狸精了。

后来，我也到三楼吃饭了。每次去食堂的路上，还是会碰到阿香。她不再特意等我一起同行去食堂，在路上遇到了也和我保持一段距离，她进二楼而我转三楼的时候，我分明可以感觉到她那种无法形容的眼神，我不知道在她嘴里，我是个马屁精还是狐狸精，但我努力达到"可以三楼"的级别，目的并不是让她难受和怨恨。

我一直想改变这个分级就餐制度，并且在会议上提了几次，并罗列了全体员工同级就餐的经济效益，但是，我的建议一直没有得到通过。这总是让我想起咱少年时从政治书上读到的：一个阶级总是捍卫他本阶级的利益。

王真是个有口臭的人，但他是个好人。我不能因为他有口臭而否认他是个好人的事实，但是，因为他有口臭，所有的同事都认为他肯定没啥出息。

没有出息的人

王真是个有口臭的人，但他是个好人。我不能因为他有口臭而否认他是个好人的事实，但是，因为他有口臭，所有的同事都认为他肯定没啥出息。你说，一个有口臭的人，咱们都不愿意和他同桌吃饭，也不愿意和他正面交谈，推己及人，别人的感观也应该和我们一样，他的事业怎么可能有进步呢?

王真他是个好人，有副热心肠，对人热情有加，他不会因为别人笑过他有口臭而从此不理人家，照样真诚有加。总之，他是个嘻嘻哈哈、工作勤快、不计较个人得失的好人。所以，我们在工作上有事的时候，总是叫王真帮忙。“王真啊，下楼帮我拿个快件好不好?”“王真啊，我错过开饭时间了，帮忙打电话叫个外卖啊。”“王真啊，司机不够用了，可以借用你一下不?”这些不是他工作范围之内的事情，他做起来一样认认真真，一丝不苟。我们大家在使唤他的时候，并没有什么内疚感，因为，我们已经认定他是个没有出息的人。相反，我们叫他做事，还能让他感觉到有一些出息的样子。

听说王真恋爱了。王真恋爱成了办公室最热门的话题。大家想象王真和他女朋友的亲吻，然后大家都做出一个“唔”的表情，意思是王真这样的嘴巴，她怎么能受得了啊？于是，大家都认为王真的女朋友是个比王真更没有出息的人。“要是有本事，怎么可能看上王真这样的人呢？”这是大家得出的公论，有几个言语刻薄的，甚至把王真的女朋友想象成了一个残疾人，还大胆设想，她可能是个因事故（比如车祸）而失去嗅觉的人。

王真是我们公司一个管理外发加工事务的普通职员。因为某些产品，客户有特殊要求，所以，特殊工艺要发外加工，王真负责和加工商联系，准时把需加工的产品送过去，准时把加工完的产品弄回来，听说，他就是在这个工作过程中认识了他的女朋友。

有一天，王真请我们吃饭，他说是他女朋友要请我们的，他只是代请。我们惊奇地发现，王真的女朋友长相清秀，一副聪明样子，而她就是我们其中一个加工商的主人。也就是说，她是老板，虽然是个小老板，但已经足够让我们跌破眼镜了。

王真的女朋友很体贴地采用了自助餐的形式，从而让我们忽略了王真的口臭。王真的女朋友不着痕迹地告诉我们，王真肠胃不好，正在进行治疗，她说王真很聪明，在工作中帮她改进了很多技术问题，这些问题是她从来没有想到过的，她还感谢了我们对王真的照顾。一句话，她说得我们无话可说。

王真辞了职，和她的女朋友共同开拓事业去了，他的口臭似乎已经治好了，我们已经没有理由再说王真他是个没有出息的人了。

他唱歌的时候忧伤深情得令人动容，我相信，我们的办公室主任因为曲高和寡，一定有着阳春白雪的寂寞。

多才多艺的办公室主任

我在办公室主任打电话的时候无意间听到，他要去尼泊尔。我就在心里面想了想尼泊尔的位置，我是个喜欢看地图的人，所以我知道尼泊尔在印度的北部，从中国翻过喜马拉雅山脉就到了。我知道办公室主任是个驴友，而驴友，同时兼是摄影爱好者，同时，还自以为是个文字爱好者。这是不矛盾的，一路行去，有拍有写，算是不枉走马观花一趟，更何况我们的办公室主任是个发烧级驴友，他曾经为了去西藏，和别的驴友们合资购买了一辆适合进藏的四驱车，让我们钦佩不已。

中午我们坐在一张桌子上吃饭，他对我说起了尼泊尔。要说明一下，办公室主任他依稀听说我也写点字儿，所以他有一种把我引为知音的感觉，甚至还语重心长地对我说，安妮啊，你要好好写，可以去开发区的报纸上投投稿嘛！对于他的青睐有加，我表示了适度的感激，但是我对投稿于公司所在的开发区的报纸是没有什么信心的。我们办公室主任，曾经写了一首激情澎湃的开发区之歌，计有一百一十六行，拿着走进我的办公室请我指正，我一下子瀑布汗啊！我认真地看了看他给我的诗歌，一百多行全押了“U”韵，计有十三个“啊”！我说：“写得好，多么适合朗诵啊，要是我，肯定押不了那么多U韵，高手啊！”我斩钉截铁地说，此诗歌不用改了，肯定行。果然，开发区的报纸上刊登了此诗歌，并获得了领导们的一致好评。

再回到尼泊尔这个话题。办公室主任在饭桌上问我，唐僧西天取经的时候有没有经过尼泊尔。唉，我虽然喜欢看地图，但真的不知道唐僧他到底有没有取道尼泊尔进入印度哪，所以，我为我的知识浅陋表示了不好意思。他说，没事，没事，人总是有所不足的，然后各自吃饭。为了调节气氛，我说：“主任，你到尼泊尔，不怕孟加拉国的老虎跑上来吃掉你啊？”主任笑了，似乎是在表扬我还知道孟加拉虎，不枉他把我引我知音。他用很权威的语气告诉我，世上的老虎所剩无几，肯定不会乱跑。我又说，主任你要翻过喜马拉雅山到达尼泊尔么？主任显出不好意思的样子来，说：“这次是坐飞机去，到了那儿再做驴。”于是我对驴友的生活表示了适度的向往，他就和我讲起了摄影，讲起了他在某一处发现的世外桃源，他说，那地方美得让他情不自禁地唱起了歌。

我们的办公室主任有一副好歌喉，我不止一次地听他唱过歌，在某个茶话会上，在公司的庆典上，在迎春晚会上。他最喜欢唱的两首歌是俄罗斯歌曲《莫斯科郊外的晚上》和《三套车》，他唱的时候忧伤深情得令人动容，我相信，我们的办公室主任因为曲高和寡，一定有着阳春白雪的寂寞，而我，因为没有投稿开发区的报纸而对他有了一份内疚，怪只怪我，写不了一百一十六行都押同一韵的诗歌啊！

我一直想对老金司机表示一下多年来对他的感激，虽然，他在我的裁员名单上名列榜首。

走在我右手边的人

我一直想对老金司机表示一下多年来对他的感激，虽然，他在我的裁员名单上名列榜首。因为他老了，五十五岁了。五十五岁的老金司机虽然身手还是矫捷，反应还是灵敏，但是，我们的同事们不会因为老金司机在五十五岁时还保持着良好的精神状态而对他网开一面，他们看到的是年龄。他们说，不管他的身体各器官功能有没有退化，但他毕竟五十五岁了，我们要为一车子人的生命负责，所以，老金司机他必须裁掉，现在，招个司机并不是件太难的事情。

我终于保不住老金司机了，我不能因为我个人的原因而反对所有同事的意见。在老金司机五十岁的时候，同事们已经动议过裁掉老金司机，也是因为他的年纪。那次，我力排众议，写了份报告到董事会，细述老金对工作的热爱、技术的纯熟、精力的充沛，让老金司机留了下来。时间一下子又过去了五年，他终于不得不走了。

老金司机是三个男孩的父亲，最小的一个大学毕业后分配到乡村中学当老师，后不甘平庸去当了兵，考上了军校，然后再分配到某边防部队做军官。老金司机为他的老三操碎了心，但老三又是他的自豪。老金司机是属我派遣的司机，但凡我出外，总是他跟在我身边，和我聊天，讲得最多的是他的三儿子，于是我几乎知晓了老金司机为老三奋斗的全过程，包括为了老三的工作分配送礼的金额。所以，我很清楚老金司机的经济状况，他需要工作，需要这份工资，为了他的孩子和他自己的养老。

每次我下车，老金司机总是会护送我过马路，就因为我说过我最害怕过马路。每次过马路的时候，他总是走在我右手边，他说，要是有车子撞过来，首先撞到的是他，而不是我，而他是个司机，对车速有很精准的判断，所以，他是不会让车子撞到的，撞不到他也就撞不到我。在我和老金司机同事的十年间，我在某个学校进修了三年，在晚上上课，他送我到学校，然后他就到学校附近的图书馆看书，等我下课，再送我回家。他有一段时间看的一本书叫《狼图腾》，他在路上给我讲书的内容，以至于在书店见到那本书，就会想起老金司机，而我不曾再买过那本书。

老金司机那时候开车时速 120 公里，可我从来没有担心过老金司机会出事——他是一个我完全不需要防备的同事，有时候，我甚至会把他想象成我的父亲。而现在，我要去面对他，告诉他："你必须走了，你必须离开了，我们不再需要你了。"我鼓了几天的勇气，都无法向他开口。在公布裁员名单的前一天，他对我说，天下没有不散的宴席，我是应该走了，你不用难过。我想对他说一些感激的话，话还没有说出口，眼圈就红了，我只好别过头走开了。

老金司机逢年过节会打电话给我，他现在四代同堂，上有老人，下有孙子，我希望他的孩子们都有出息，这样，老金就幸福了。

幸福是给别人看的，要是别人看不到就白幸福了。幸福在暗处，就是锦衣夜行，只是一个人吃的糖，多吃了也没有什么意思。

阿宇的幸福

整车的人都知道阿宇家的生活状况，因为从一上车到下车，阿宇总是会从孩子说到她老公。整个办公室的人都知道阿宇有个很出色很疼爱她的老公，因为办公室的人总能听到她给她老公打电话，语气如蜜里调了油。这一切都表明，阿宇是个生活得幸福美满的女人。

幸福是给别人看的，要是别人看不到就白幸福了。幸福在暗处，就是锦衣夜行，只是一个人吃的糖，多吃了也没有什么意思。这和人有钱了要显摆是一个道理，虽然我们国人都受过教育，说什么财不露富，说什么人怕出名猪怕壮，但现在，谁都想有钱过别人，谁都想有名过别人，持古训的人不多了。所以，阿宇那样做是对的，她的办公室里有两个离婚的女人，长得比阿宇漂亮，学历也比阿宇高，但是因为阿宇觉得自己比她们幸福，所以就忽略了她们的容貌和学历对她造成的压力。阿宇表现在外的幸福感，也让我们对她造成了错觉，以为阿宇她生活得那么幸福，其他的一切都显得不那么重要了。

阿宇的部门经理辞了职，公司决定内部提拔。老总在开部门会议的时候说，为了公平起见，根据各部门间的协作关系，由各部门提名他们部门的人，再考试评定，这样可以服众，以便管理。我们在心里默念了一遍阿宇部门的人员，列了两个名字。等大家把提名都写到白板上的时候，我们惊奇地发现，没有一个人提名阿宇，而除阿宇之外，其他人的名字都被提到了。

这样的事情也发生过一次，就是选定出外考察人员时，大家都忽略了阿宇，甚至有人用怪怪的口气说，她那么幸福，怎么舍得离开她的儿子和老公呢？而我们，也默认了那些话，因为阿宇那幸福甜蜜的样子，总是那么鲜活地在我们记忆之中，以至于我们的心里都微微地泛酸。忽略她，大家的心理都得到了微妙的平衡。

提名名单公布出来之后几天，阿宇来找了我，她说："为什么就没有人提名我呢？是不是我做错了什么？"我对阿宇解释说："这不是商量的结果，而是民主评议的结果，你看看名单，得票最多的才入围嘛。"阿宇说："我不是这个意思，我不是说要入围，我只是问为什么没有人提我的名呢？"我呆呆地看了她一会儿，然后说了真话："大家都觉得你太幸福了吧？"

阿宇在车上沉默了好几天，不再说她的儿子和老公，我们都觉得有点不习惯。又过了几天，阿宇开始说话了，却只说儿子，说儿子怎样怎样有趣，再过几天，又说到了老公。未被提名的不快似乎已经从她的记忆里淡去，她的幸福又荡漾在脸上。看来，幸福不言说，的确锦衣夜行，我又开始有错觉，对阿宇来说，这些幸福就足够了，而忘了她站在我办公室门口质问提名事件的凄惶样儿。

她说，我们国家就是用乒乓球和美国重修旧好的，我文章开头的第一段所述的“乒乓外交”的细节就是Mary告诉我的，我从中也理解了她在应聘表上填写的“转换环境”的真正意义。

乒乓外交

1971年，中国邀请美国乒乓球队访华。起因是同年的三月和四月间，在日本名古屋举办的第31届世界乒乓球锦标赛。比赛第一天，美国运动员科恩上来搭车，中国运动员庄则栋主动和他握手搭话，还送了块杭州锦缎，就这样打开了邀请美国乒乓球队访华的序幕，然后，尼克松来中国和周恩来握手了，从而结束了中美之间20多年的冷战。

我当然从历史教科书上念过乒乓外交，但随着岁月流逝，在遇上Mary之前，对于乒乓外交，我只记得尼克松和周恩来，其他的全忘了。但是Mary，这个打得一手好乒乓球的Mary，她在我身边走来走去，活像一个总是在跳动的乒乓球。她入职的时候，在应聘表上填的爱好，就是写得大大的三个字：“乒乓球!”表上有一项需要填为什么从原公司离职，她很笼统地写：“转换环境。”我注意了一下，她原先的工作单位非常不错，这“转换环境”四个字里面的苦衷，恐怕是不好言说罢。

Mary上下班总是带着乒乓球拍和乒乓球，我们公司有几个外籍员工，Mary邀请他们去打乒乓球，他们总是欣然和 Mary 前往。我一直挺喜欢看瓦尔德内尔打乒乓球的样子，我称之为瓦片，熊大熊大的，看似笨拙，却还在赛场上蹦跳了那么多年。我以为 Mary 和我一样，爱瓦及乌，培养多几个瓦片，发扬光大一下咱们祖国的“小球”运动，也是一件有意义的事情。

但是，我跟着去了几次之后，发现有点不对劲儿。当我和外籍同事打乒乓球的时候，她总是指责我这不对那不对，一点也没有游戏以乐为先的精神，活活地要出我的丑似的，换了她上场，她灵活地蹦来跳去，指东挥西，和我的笨样子不可同日而语。同事 JOHN 对我说：“Mary 她才算是真正地打乒乓球。”言下之意，我打的乒乓球就不是乒乓球了。我很小气地想，这 Mary，分明是拿我来陪衬她的嘛，她这样做是什么意思?

我再也不跟着 Mary 去打乒乓球了。但是 Mary 却经常来和我闲话一番，她闲话的话题总是那几个外籍同事。因为外籍同事大多是短期地在我们公司负责技术性工作，一项工作完成，他们就会离开或换别的工作人员来。Mary 从我这儿打探他们会待多久，或者将会有谁要来。问得多了，她自己觉得不好意思，便与我推心置腹地说，她一心想嫁到美国去，所以才来我们公司应聘的。她聊起她的爱好——乒乓球，她说，我们国家就是用乒乓球和美国重修旧好的，我文章开头的第一段所述的“乒乓外交”的细节就是 Mary 告诉我的，我从中也理解了她在应聘表上填写的“转换环境”的真正意义。

Mary 最后还是离开了我们公司，因为我们公司的外籍工作人员实在太不固定了，还没等 Mary 和他们培养起感情，他们就要调走了。Mary 走的时候，她是用开玩笑的口气讲“乒乓外交”揶揄她自己，我也用开玩笑的口气说：“下次你记得带上几块杭州锦缎。”

他俩算是“门当户对”，全公司的员工，
包括我，都认为他俩要是不成一对，真
是老天没长眼。

合租

阿英和阿良都是单身，而且年纪都不小了，他俩虽然属于不同部门，但属于同一级别。部门和部门之间协同工作，他俩配合得挺默契，工作很出色。他俩算是“门当户对”，全公司的员工，包括我，都认为他俩要是不成一对，真是老天没长眼。

事情到了整个集体的成员都开玩笑的分上，他们想不成一对也难。据悉，他俩还真是对对方有了点意思，送过些小礼物，还相约看过电影。有员工发现，他们还经常一起轧轧马路，看到阿良给阿英买雪糕，跑着送到办公室给她。于是，遇到阿英，我也有足够的证据开她玩笑了，问她最近蜜运得幸福与否。阿英严肃认真地对我说：“我还没有答应他呢!”我在心里想，这个胃口，吊得可够长了。

不久后，听说，阿良和阿英搬出集体宿舍到外面租了房子，既然一起去租房子住了，那他们肯定已经是一对啦。在楼道上遇到阿良，就问他何时有喜糖吃，要是来不及吃喜糖，吃满月酒也行啊，阿良腼腆地笑着，他说：“阿英还没有同意呢，我们只是合租了一套房子，她一间房，我一间房，共用客厅和厨房。”我们大家都不相信阿良的说辞，觉得他假正经，故意撇清，说这年代了，还害羞个啥啊，认了就认了呗。阿良就急了，说他说的是真的，是真的呢！

和阿英说话，同事们说话就文雅含蓄一点，通常只说及喜糖，不说到满月酒，此所谓男女有别。阿英总是这样回答："可以吃糖的时候自然少不了你们。"这两口子，说起话来像外交辞令，让人往四面八方去理解，时间久了，大家心急封红包送礼的心情就淡了下来，天天看到阿良和阿英一起上班一起下班，都以为，他们说不定已经偷偷地去领了结婚证书呢。

有一天，阿英对我说，她要搬回公司的宿舍住，我大惊，问道："你和阿良怎么了？闹离婚么？"阿英正色道："什么离婚，我都没有和他结婚，甚至，我也没有和他同居呢，我们各住各的房。"我的好奇心一下子被激发了，问道："到底怎么回事？"阿英这次很坦然地将她的心思说给我听。她说，阿良和她同住期间，露出了他不负责任的本性，比如，他从来没有扫过一次地，从来没有买过一次菜、烧过一次饭，虽然，他分摊水电、伙食费用，有时候还会给多点；虽然，有时候会买点礼物送给她。"总之，他在两个人同住期间，没有给我那种在工作时协作的默契感。"这是阿英最后的结论。

阿英申请调动岗位，也许，工作上这份"默契"的存在让阿英感觉难过。后来，阿良和阿英各自娶了嫁了。

唉，我就象那个张艺谋电影里的秋菊啊，我只需要个说法而已嘛。我连自己都说服不了，怎么能去说服我们的董事长批那不明不白的数十万培训费用呢？麻烦您给出份文件行吗？

麻烦您出份文件行吗

阿珍去劳动局办理劳动和社保年审，很沮丧地回来。几年前，我去办工商年审的时候，也有过阿珍那样的沮丧表情，那时候，我被告之，我公司必须先办了劳动和社保年审才可以进行工商年审。谁都知道，对一个公司来说，工商年审是件大事，要是忘了年审或未通过年审，留下的后遗症是巨大的。但是，在那个时候，我也是到了工商部门的窗口才被告知，需要先经过劳动和社保年审，但在这之前，我并没有得到有关通知和相关指引。我匆匆忙忙地去办理了劳动年审手续，刚好在工商年审所限的时间内完成了年审。

今年我特地早早地安排办理劳动和社保年审，果然让我料到了，历史会惊人地相似。阿珍被告知，我公司的全体员工必须通过劳动部门的培训，才能进行劳动和社保年审。其实，我们已经习惯了相关部门的这种事到临头才被告知的工作方式，但是，这次涉及到了钱的问题，每个员工须向劳动部门缴交 150 元/人的培训费用，对几千号人来说，这是一笔不不菲的费用。所以，我向阿珍问了详细的经过。阿珍说："窗口的工作人员打了个电话，说某某公司来年审，然后工作人员要我去培训科找某某，某某对我说，根据劳动部六号令，必须对你们所有的员工进行培训，关于六号令，你们上网去找就行了。”

我好不容易在网上找到了劳动部六号令。但是，这六号令针对的是技术工人必须持证上岗的事情，我细阅了一遍，相信我公司现行的用工方式完全符合六号令的精神。于是我打电话给劳动分局培训科的那位先生，问他还有没有相关文件可以提供，我说，我必须持有明确清晰的文件写报告给董事会。他答复说：“有啊!”

但是，我在他那儿拿到的是一份关于员工上岗培训的宣传提纲，内容更是笼统和模糊，我说：“我需要一份由你们局所出的文件，必须说明三点。第一点是：写明先提交培训计划才能进行劳动年审；第二点是每人收费 150 元的依据及由谁收费。”那位先生盯了我一会儿，吐出了一句话：“让你的老板来见我。”

我又想不明白了，出一份文件就这么难吗？我的老板虽然比不上国家总理日理万机，但也算得上奔波忙碌了，他现在还在俄罗斯出差呢。其实，我只是需要一份官方文件来支持我呈给董事长的报告而已，等他回来时有足够的理由让他在报告上签字，我们并不是拒绝培训啊！这两天我忧心忡忡的，比夹在风箱里的老鼠还难受。唉，我就像那个张艺谋电影里的秋菊啊，我只需要个说法而已嘛。我连自己都说服不了，怎么能去说服我们的董事长批那不明不白的数十万培训费用呢？麻烦您给出份文件行吗？

这几天我看了一本周刊杂志，里面讲到了ICTI。所谓ICTI，就是国际玩具协会，ICTI有个《ICTI商业行为守则》，又称“关爱行动”。

关爱行动

这几天我看了一本周刊杂志，里面讲到了ICTI。所谓ICTI，就是国际玩具协会，ICTI有个《ICTI商业行为守则》，又称“关爱行动”。这个关爱行动的目标是希望交到儿童手里的玩具是“清洁”的，没有沾上工人的血和泪。

人的记忆真是非常奇妙，当看到以上杂志文章的内容的时候，我想起了两年前的一次培训课程。培训是官方组织的，培训的内容与《劳动法》和社保法规有关，我将完全脱产进行三天封闭式的培训，而且培训完毕之年，我将参加考试，考试完毕，才能领到贴有我本人相片的证书。

就是因为要贴一寸相片，我就去了一家照相馆拍照。在照相馆，我遇到了另一个也在拍照的女孩子晴。晴来自一家玩具企业，做的当然是人力资源工作。因为我们都将参加那个培训班，所以，我们觉得我俩虽然是初次见面，但也算是有共同目标的朋友了。既然算是朋友了，我们上课的时候就坐在一起。很快，我发现，我在上课的时候听老师讲，在下课的时候听她讲。而且，我还发现，我听晴讲话所得到的知识甚于那个在讲台上对着书本念的老师的教导。这是个对人力资源工作有着极大热情的女孩子，她热情到哪种程度，且听我把她的话慢慢复述出来。

“那些流水线上的女孩子们总是会偷懒，当然，偷懒是人的本性啦。你说，一条流水线，这个人慢下来了，下个人就要等，浪费的不是一个人的时间哪。我对她们上厕所的时间和人数进行了规定，具体措施是在车间门口钉了一块白板，白板上挂有三块牌子，全车间的人都看得到。要去上厕所的人必须带上一块牌子，在白板上写上出去的时间。要是三块牌都被领走了，说明同一时间有三个人在上厕所，其他人要上厕所，必须等他们三个人回来。要是上厕所的时间超过五分钟，他将被记录。计算他在一个月内上厕所上过五分钟的次数，而这些次数与工资挂勾。”

我到现在还记得她得意洋洋的口气，她最后说她的措施得到了老板的赞扬，从而激发了她更大的工作热情。她说，她某年去东莞看她同是做人力资源工作的大学同学，得到了一个非常好的资讯。“那些入职好几年的车间员工按日薪计酬，他们的日薪已经到达了30元左右，以30元为基数计加班费，加班费就是个庞大的数字。但是我的同学告诉我说，把他们的日薪拆成基本工资和浮动工资两块，比如，基本工资是15元，浮动工资是15元，只要不低于最低工资标准就行了。当发生加班的时候，就按基本工资15元计算加班费。这样，就节省了一半的加班费用。”晴说完这个案例的时候，她又补充了一下，她就是因为改革加班费而升为人力资源部的经理。

那次培训之后，我再也没有见过晴，她所在的那家大型玩具企业我倒是经常经过，看到工人们穿着统一的制服排队过马路，想到他们有一个这么出色的人力资源部经理，就为他们感到一点难过。

GUCCI rush
2

『妒忌』香水

我感觉小孟并不内疚，
她已经用她『上天不公』的理论原谅了她自己。
她全身上下已经笼罩在妒忌香水的氛围中。

我也是被宠坏的孩子之一，董事长一出差，我就不晨运了，算是默认他们每天都准时出勤。我希望他们在下次开会的时候，像我一样保持适当的沉默。

被宠坏的孩子

春节放完假之后，每天早上上班，我喝完第一杯水，然后就到各部门去转一圈。春节后上班第一天的会议上，每个部门经理都指责其他部门的职员工作纪律松懈，以至于影响了本部门的工作。换一句话说，各部门经理在会议上就一个小问题踢皮球以显示本部门的重要。当时，董事长也列席新年第一天的会议，因为会议时间大大超过了他的预计，到了下午下班时间，他们还在反复地为同一个问题争论不休。在会议时长超过下班时间半个小时的时候，董事长做出了会议决议，他对我说："Annie，明天早上开始，上班的时候你到各部门转一圈，看看有谁没有来。"

我的办公室在三楼，我需要巡查的是一楼和二楼，一楼是技术中心和生产管理部，二楼是营销中心、财务部和海外部。我的任务是到每个部门看一下他们的主要职员到了没有，部门的普通文员都是不敢迟到早退的。那些敢于迟到、早退或以含糊理由不来办公室报到的职员，都是"有分量"的人，比如，海外部的经理阿慧，她总是以去海关为由而不来公司报到，是想来就来、想走就走的典型，只有在电话里才可以找到她。但自从董事长"命令"

我每天早上督查工作纪律开始，她就和我一起坐公司的班车上班下班，她坐在我旁边，和我聊天的时候，她总是愤愤然地问我，这样的纪律督查什么时候可以结束。我说，不知道呢，董事长说 over，我就 over。我的言下之意也很清楚，既然头儿要求我负担起纪律检查的任务，我也就得有所表现。所以，每天早上我在三层楼里面进行晨运的时候，左手拿着花名册，右手拿着一支红笔，要是有谁没有来，我就会在谁的名字旁边打个“×”，而这些“×”在月底的时候将其汇总后呈交董事长，以表示我确实进行了这项工作。

他们并不是怕我，他们是怕我月底所做的报告。我每天早上的行为在一定程度上限制了他们的自由，所以，每天早上我去查他们的岗的时候，他们对我展现的笑容通常是苦笑。营销中心的经理对我说：“因为你，我每天早上要早起半个小时，而且每个月要多花不少油费，先回办公室报了到再去工作，你说这样合理么?”我对着他傻笑，我的想法和他是一样的，但我不是董事长。

董事长要去英国出差，主管具体事务的总经理要去北京公干，他们要离开一个月时间。董事长在出发前将我叫去，问了我每天调查的结果，我说皆大欢喜。他笑了笑说，他们是一群被宠坏的孩子，你说整肃纪律有必要么?你说这样整肃有成效么?我又开始傻笑。我相信董事长和我一样明白，这不是制定出勤制度的问题，制度一直都在，我们之所以看不到制度的存在，是因为在这个问题上，没有人唱黑脸。

我也是被宠坏的孩子之一，董事长一出差，我就不晨运了，算是默认他们每天都准时出勤。我希望他们在下次开会的时候，像我一样保持适当的沉默。

他已经很多次在我面前出现了，他总是无助地望着我，希望我能帮助他。他是一个二十出头的男孩子，是集团一个分公司的冲压车间的员工。

冲压工

他已经很多次在我面前出现了，他总是无助地望着我，希望我能帮助他。他是一个二十出头的男孩子，是集团一个分公司的冲压车间的员工。

为了他，我翻了无数次《劳动法》和《工伤保险条例》，我希望能从中找出什么有利于他的条文，为他要求更多的赔偿金，甚至为此私底下请教了熟识的律师。我为他做的这些事情不能让其他人知道，尤其不能让我的头儿知道。在我的头儿的眼里，我应该站在资方的立场，我们为他购买了保险，他现在出事了，出事就出事，就按照有关规定办了，不违法就行了。我们付了该付的，他已经得了该得的，一切都应该结束了。

我经手办理他的事情，为了他，我跑了无数次医院，陪他一起去评残；去劳动部门，看着他在一些文件上用左手签歪歪扭扭的名字，看着他眼睛里的茫然和无助。他年迈的父亲默不作声地跟在我和他旁边，偶尔叹口气，说："命啊！"

在整个医疗和评残过程中，我完全放弃了为公司说话，我愿意他能拿到尽可能多的钱来弥补他失去的东西。

他的主治医生暗示我说，他可以办理出院了，但是，他本人暗示我他不想出院，说万一伤口发炎了呢？还是要留在医院里。当头儿问到他为什么要在医院治那么久的时候，我答道，他伤口发炎了。

他是为了一种安全感才留在医院里，他以为，若出了院，就不能向公司借钱，赔款又不知何时能拿到，他和他父亲会陷入困境。我想，在此刻他的眼里，世界是冷的。所以，在他父亲每次来公司支钱的时候，我很注意自己的态度，怎么忙也不在他面前露出不耐烦，放下手头的事，把他的事先办了。是的，我觉得他们很可怜，仅仅是可怜，我希望自己能让他们觉得世上还有一点点温暖。

当他领到他应得的赔偿金以后，他还继续来找我，说在报纸上看到，浙江有一家企业的老板，为他这样遭遇的员工，额外给了 20 万元。他也想做那个幸运的员工，希望我能向我的头儿汇报，让我的头儿向浙江的那个企业主学习。我没有一口拒绝他，虽然我知道他的要求是无法实现的。他用央求的口气对我说：“杨小姐，我知道你是好人……”也许，我真的是个好人，但是，我是好人我也无法改变制度，制度是冰冷的，特别是在钱面前。

我劝他先回去，事情告一段落了，在这里租房耗着会把他的那笔赔偿金用完的。他对我伸出那只断了三个手指的手，说：“杨小姐，我刚出来打工就遭遇了这样的事情，这点钱够我过一辈子吗？”我知道他刚从家乡出来不久，分到冲压车间做搬运工，他听说冲压工的工资比搬运工高，趁某个冲压工上厕所的时候，擅自开动了机器。他说：“我只想快点学会一门技术。”

刘副总提出“车改”一词后，每遇开会，我们都小心地回避着这个词语，生怕他又突然提起来，当着另两个副总的面，让大家议也不是，不议也不是。

车改

其实，无所谓什么车改。部门经理们以前都没车，出去公干都是公司派车，现在部门经理们几乎都买了车了，出去公干自己开车，公司给了一定的油补，这是一个从无到有的过程，不存在改革。所谓“改革”，就是有一个旧的东西，再把它改革成新的，当刘副总在确定油补额度的会议上提出来要“车改”的时候，大家的心都“咯噔”了一下。

大家都知道，刘副总还没有属于他自己的车。我们也曾经揣度过，刘副总他不可能买不起一辆二十来万元的车，他之所以迟迟不买车，就是因为他是公司的副总。公司的副总共有三个，其他两个副总，马副总和李副总，都开着公司提供的专车。众所周知，用公家的车，坏了由公家修，没油了由公家加，自己独享出行之便利，当然是不亦乐乎的。而在刘副总看来，他也应该在那个福利圈内。虽然公司并没有明文规定，每个副总都有资格拥有一辆公司配给的专用轿车，但是，既然在他之前的副总都有了专车，刘副总也应该享受和他们一样的待遇。

惯例应该不算制度的一部分。如果是制度，刘副总会根据制度写报告提出为自己申请一辆专车。现在，刘副总没有制度可依，只好在会议上强行提出，要进行“车改”。当时，马副总和李副总也是在会议室内，所以，当刘副总提出“车改”议题的时候，执行董事巧妙地回避了这个问题，他说：“公司的那些车过几年也快到报废期了，以后都采取大家自己买车再由公司给予补贴的方式。”大家听到的意思就是请刘副总不要再提到“车改”这个词，反正马副总和李副总也开不了几年公家的车了。

刘副总之所以没有专车开，是因为刘副总是公司内部提拔到副总这个职位上的。他以前是销售部的一位副经理，某一年他的业绩超群，就坐上了副总的位置，那时是有给他购车的计划，但是第二年开始，他的团队业绩并不比其他团队出色，他的车子就一直被延，直到遥遥无期。而马副总和李副总是“空降将军”，外来的和尚好念经，他们来任职的时候，公司给出的诱人的条件之一就是有专车给他们，虽然，我们都觉得马副总和李副总与刘副总并没有太大的区别。

刘副总提出“车改”一词后，每遇开会，我们都小心地回避着这个词语，生怕他又突然提起来，当着另两个副总的面，让大家议也不是，不议也不是。幸好，刘副总没有在会议上再说这个议题。不久后听说，刘副总将“车改”之事写了一份报告，欲呈给董事会讨论，根据制度，先呈到执行董事的案头。听说，刘副总那个报告的开头是：“不患寡而患不均……”

刘副总将被委以重任开发北方某一城市的市场，刘副总愤而辞职。

奖金制度一直是公司管理层的心病。无论怎么改革，不管这制度看起来如何与工作表现、工作能力挂上了勾，最后还是会变成一成不变的东西。

奖金

只有我知道财务部的袁经理为什么要推迟发放一月份的奖金。当他一本正经地对我说，公司需要改革奖金制度的时候，我从他的眼睛里看到了虚弱。我坦然地直视他的眼睛，我相信我的眼神充满了理解与诚恳，而这理解和诚恳是我想让他看到的。所以，从这一点来说，我比他更老奸巨滑，更居心叵测，更难以捉摸。

奖金制度一直是公司管理层的心病。无论怎么改革，不管这制度看起来与工作表现、工作能力挂上勾，最后还是会变成一成不变的东西。从奖金制度可以推理出人和人之间的共性，在日常的普通的工作中，没有谁会比谁出色多少。也就是说，没有谁能理所当然地可以比别人拿更多的钱，所以，奖金也就慢慢地趋向于均化。

我和刘姐办交接手续已经半年了，刘姐是人力资源部的经理，她就要在近期离职，我来接替她的位置。她是公司的元老，和谁说话都有点老气横秋，唯独对我十分友善。在她的争取下，我的奖金升了一级，与她等平，等于是提前扶正的意思。她对外讲到我时，总是美言有加。所以，她算是有恩于我。

财务部的袁经理，只大我一岁，我入职人力资源部时，他对我说：“终于来了一个可以沟通的人了。”他的意思明显是说原来的刘姐难以沟通，但我没有接他的话，只报以憨厚的笑容。我每到袁经理的办公室一次，他就和我提奖金的改革问题，希望我和他站在一起，拿出一个完美的奖金改革方案来。所以，他是个改革派，刘姐是保守派，而我是两边都不得罪的中间派。

没等袁经理的改革方案草拟完成，刘姐在年末某日上班的途中摔了一跤，胳膊骨折。根据《劳动法》规定，上下班途中发生的事故属于工伤。刘姐因为工伤休息了大半个月，她的离职也就往后推。在发放 12 月份的奖金时，袁经理坚持奖金不属于福利范围而扣了刘姐的奖金，刘姐听闻后，根据《劳动法》“工伤期间工资和福利照发”的原则和公司之前的工伤处理惯例，由我帮刘姐成文后呈交董事长特批。袁经理不得不叫出纳支了奖金给她，刘姐不免在袁经理面前洋洋得意了一番。其实我交董事长批文件时，袁经理也在，他当场提出了反对意见，是我为难的眼神让董事长在文件上签了字。

刘姐做完这个月就正式退休，这个月，我们的董事长去了欧洲公干，本来可以循例发放的奖金，因为袁经理坚持等新方案出台再发放，而被无限期地搁置起来，需等到董事长回来一锤定音。而刘姐在她剩下的工作日之内，肯定是领不到奖金了。所以，我私底下认为袁经理是个睚眦必报的人，虽然我注视他的时候，眼神里满是诚恳。

那他会是谁呢？我到现在还是不知道。但是，我可以很负责任地告诉你们：他确实不是一条狗，和我一样。

他不是一条狗

我从城南部的 A 公司调到城东部的 B 公司，我的位移让我的 IP 地址发生了变化。稍微有点网络知识的人都知道 IP 是怎么回事，而我是个比较喜欢钻研的人，我喜欢知道我 QQ 上的好友处在哪个位置，他们只要一和我说话，我就能知道他们所处的位置。我之所以要知道他们的地理位置，完全是由于心理问题。网络上有一句流传很广的话，说在网线的那一头，谁知道你是不是一条狗，所以我想，就算网线那端和我交流着的是一条狗，我也要知道那条狗在哪儿，心理上就有点小小的满足，知道对方不是在火星上，至少肯定不会是嫦娥的那只兔子。

我到 B 公司后狠狠地忙了一阵，终于尘埃落定，打开 QQ 轻松一下，看看网线那端的动物们有什么新闻。但是，根据我对 B 公司 IP 地址的认识，我很惊恐地发现，我的 QQ 好友里面，有一个叫“好兵帅克”的“人”，他的 IP 地址与我相同。而且，我一上 QQ，他的头像就已经在闪动了，他留言说：“山水有相逢。”也就是说，我已经暴露在他面前了。

“好兵帅克”是我在 A 公司的时候添加的好友，我知道他与我在同一个城市，而且还与我处于同一个行业，有不少共同语言，还可以相互请教，所以，我一直认为“好兵帅克”他应该是个人，而不是一条狗。在我的定义里，狗应该不知道 IC 封装技术的，但是“好兵帅克”知道。“好兵帅克”问过我的名字，我为了证明自己不是一条狗，亦证明我向其请教的诚意，我向他说我的大名，而他，我一直叫他帅克，我不知道他的法定称谓是什么。

从此，我在明处，他在暗处，当我走进某一个部门的办公室，我都会小心留意一下后脑勺的眼光，但是观察良久，还是没有发现好兵帅克到底是谁，我甚至对着花名册一个一个地排除，但是排除的结果是，技术部的几十号人，全部都有可能是他。我再也不敢在无人的地方吮手指，不敢在办公室偷偷吃口袋里摸出来的花生，去食堂的路上也不跑得那么猴急……总之，他已经知道我是个人了，我就得有个人的样子。

后来我认为，那个“好兵帅克”可能就是管技术的李总，而他的办公室就在我的办公室的隔壁，我出去倒水喝，总是经过他办公室墙上有磨砂的窗玻璃，我盯着玻璃上李总模糊的影子，心想：“是他就好了……”但是，在李总出差之后，“好兵帅克”仍旧在 QQ 上和我说话，他说：“你一个人在办公室是不是有点寂寞呢？”——他不是李总。

那他会是谁呢？我到现在还是不知道。但是，我可以很负责任地告诉你们：他确实不是一条狗，和我一样。

我总是等着天上掉下馅饼来，上天突降重任于斯人也。我梦想我会突然得到公司的重用，从而指点江山，显摆一下白领女性的派头。

“追女朋友的事业”

那时候，我绝望地想，我是成不了他这样的人了。我和他一样，希望能调去采购部，主管某类材料的采购。我和他都这样想：“能调过去就好了。”那里的同事们，每天上班都风风火火地跑上跑下，天天出去见着各式人等，而且还被人捧着吹着，多好的感觉啊。而我，一个小秘书，天天坐在同一张办公桌前，听电话，做笔记，生活沉闷，未来模糊一片，有时未免悲从中来；而他，一个行政部的助理，干的事情和我差不多，甚至更琐碎，连办公室的墙上挂一幅装饰画他也得当做正事来抓。

我总是等着天上掉下馅饼来，上天突降重任于斯人也。我梦想我会突然得到公司的重用，从而指点江山，可以显摆一下白领女性的派头。当然，馅饼还远在天边，我只是在梦里见过它，依旧朝九晚五安分地做着本职工作，我的头儿肯定不知道我心里翻江倒海的想象。是的，我太不善于表达自己的愿望了，也许只是因为我害怕被人拒绝，所以，我从来不敢对人说，我想……您帮帮我好吗?

可是，他与我不同，那时他是我的偶像，我崇拜的人。他是多么善于表达自己的愿望啊，并且采取的方式是那样地迂回，婉约，诚恳，简直是他的天性的一部分。我这篇文章都写到一半了，读者可能还是不知道我要说什么。说出来的话故事就太简单了，所以我要把简单的故事复杂来说。我把我的同事他圆梦的过程比喻成他追女朋友，我的比喻是这样的：他追过三个女朋友，追女朋友的过程中，为了讨取女朋友的欢心，无所不用其极。吃饭的时候给她盛饭添汤，出行的时候为她先拉开车门，下雨的时候为她遮风挡雨，怕女朋友的衣服皱了，随身带着熨斗；女朋友的亲属病了，鲜花和水果篮侍候……他这样做的目的当然是女朋友可以留在他身边，从而完成他成家的愿望。

可惜，他花在每一个女朋友那儿的心血都泡了汤化了灰。第一个女朋友移民了，扔下他不理；第二个女朋友移情了，扔下他不理；第三个女朋友身体不好，香消玉殒了。他成家的愿望破灭了。我没有看到他谈第四个女朋友，我觉得我要是再关注他下去的话，我会被累死的。

亲爱的读者，我刚才说了，他谈恋爱只是我的比喻，我运用比喻来避开一些我不想用到的词汇，而劳烦你们展开想象的翅膀。当然，我有必要解释一下我比喻的本体是什么，其实，他的三个女朋友，比喻的是我的三届老总，第一任老总移了民，第二任老总跳了槽，第三任老总自身难保。你们知道我说的是什么了吧？真的很简单，不过就是：他是一个拍马屁的人。

哀，莫大于心死，这是拍马屁者最悲惨的结果吧。后来，他终于如愿以偿了。在采购部后，他继续他“追女朋友”的事业。我现在还是认为，我没有天分成为他那样的人，但我已经没有当初的绝望了。

老总在电话里有点不耐烦，他说，行了行了，你回来就行了，你已经把信送给加西亚了！

“把信送给加西亚”

我不得不在院子门口下了车，因为院子门口的圆台上站着个持枪的军人，他对我做了个手势，我看得懂，那是下车登记的意思。我下车登了记，登记的内容有：姓名，单位，来访日期，来访车辆号码，备注。我一一填写，并在备注一栏里写了“办事”二字。

我确实是来办事的，办的事很简单，就只是送信。老总给了我一个封得密密实实的信封，让我送给这个院子里某幢楼某个房间里的某个人，这个人，老总称为陈局长。当然，送信是一件比较容易办的事情，这比把信送给加西亚容易多了，尽管我从来没有见过那个姓陈的局长。我在门口登完记之后，保安给了我一张半张 A4 纸大小的纸，说：“你见到你要见的人，办完事，请他签个名，我才把你的车放出这个门口。”

对于这个规定，我有点不理解。要是我进了这个院子，见到的要是不会签名的小鸟啊蚂蚁啊，抑或是什么活的都见不着，我就再也出不了这个门了？应该是，我的车子出不了这个门了，那我的车就等于充公了？我一边嘀咕着这个奇怪的规定，一边找着我要找的那幢楼。

院子里的楼房都有编号，我很容易就找到了我要找的那幢楼，然后就直上8楼。这里的标识非常科学，我又是非常容易地找到了我要找的房间。我在门上敲了几下，里面有人应了："进来!"我问："这里是陈局长办公室吗?"他打量了我一会儿，问，是曹总请你来的?我点头。

他请我坐下，我一直犹豫着，是不是再问他一遍："你是陈局长吗?"我想，我应该听到他确定的回答，我才能把我老总交给我的信封交给他。可是，门口明明写着局长室，我要是再问，就太不识趣了。我将老总给我的信封掏出来，交给了他。然后，我掏出门口保安给我的那张纸，说："请帮我签个字吧?"陈局长脸色一变，道："曹总要你让我签……?"他还没有说完，我已经把那张"出门放行单"靠近他面前了，他看清了，脸色又恢复了正常。

陈局长没有在"出门放行单"上签字，他随手找出一份文件，说，麻烦你帮我送到综合科吧，你在那儿请那儿的工作人员签个字就行了。我当然答应了帮忙。出了局长室的门，打电话给老总，问："那陈局长是不是小小个子光头的那位啊?"老总在电话里没有确定他是否是小个子光头，只淡淡地说："没事了，你可以回来了。"

我到了综合科，里面坐着四个工作人员，我将文件递给坐在门口的那位，说，陈局长要我将这个交给你们。他看了看，将文件放回一边。然后我将"出门放行单"递给他，他看了看，随手签了名，我看到他签名，叫陈正文，我说，你和你们局长同一个姓哦。他的回答让我大吃一惊，他说："我们局里没有姓陈的局长。"

我出了综合科，又打电话给老总，问信到底是不是送给陈局长的啊?老总在电话里有点不耐烦，他说，行了行了，你回来就行了，你已经把信送给加西亚了!

希望酒店的名字里不要出现“温泉”二字，就算酒店以温泉为卖点，也千万别叫“温泉酒店”“温泉宾馆”，甚至“温泉旅社”什么的，这样很容易让酒店失去不少生意，而且失去的还是大客户。

可以泡温泉的酒店

希望酒店的名字里不要出现“温泉”二字，就算酒店以温泉为卖点，也千万别叫“温泉酒店”“温泉宾馆”，甚至“温泉旅社”什么的，这样很容易让酒店失去不少生意，而且失去的还是大客户。这里有例为证。

公司要开一个会议，会议有近百人参加，开会的人来自各地，需要住酒店，所以，为了公司的正常运作不受这次会议的影响，决定将会议弄到某个酒店去开。其实大家的意思也很明白，就过几天吃酒店住酒店的生活，轻松一下嘛。

在开会之前，行政部的阿珍将各个酒店打探了一番，还邀我做“顾问”。我们要选定一个最适合我们的酒店，也就是说，在会议室和客房的费用里，可以“融化”进一些额外的东西。阿珍接受了部分与会人员的建议，打算找一间可以泡温泉的酒店。

我们找了本市内有温泉的地方，但是，有温泉的经营场所虽然有住宿的地方，但是对外打的招牌都是“温泉”的幌子而不是酒店和牌子，我们当然不能选择这样的地方。一个严肃的会议啊，怎么能选择在温泉里开呢？要是说出去我们在温泉开会，所有的人都会联想到大家都脱了半光泡在温泉水里或者蒸气房内开会发言来着，这多么地不严肃啊！所以，我们一定不能在温泉召开会议，我们必须找到可以泡温泉的酒店。

功夫不负有心人，我和阿珍终于找到了一家温泉酒店，我以我的生命发誓，它虽然叫什么温泉酒店，但是它确实是一个酒店，有着接待会议团体的非常优秀的硬件，这真是一个非常适合开会的地方。因为它位于有温泉的地区，所以，这个酒店辟有一处泡温泉的地方，而这个地方，地名就叫做“温泉”，故酒店名亦叫温泉酒店。我和阿珍找到了酒店的市场部，和酒店的市场部经理谈了一下，阿珍喜出望外，她说：“天助我也！这里泡温泉的费用可以和房费开在一起，真是太好了！”也就是说，回去向单位报销的时候，发票上只会显示住宿和会务费用，而不会单列泡温泉的费用，泡温泉的费用已经“融化”在房费和会务费里面了。

我和阿珍当晚就在那里先泡了温泉，在温泉酒店住了一晚，开好了这次出差的发票。次日，兴冲冲地回公司写报告给上头批预算，报告中冷静理智地赞扬了温泉酒店是多么地适合我们这次会议。第二天，我上班的时候，发现老总已经将他的批复放在我的办公台上，他在上面写道：“虽然这温泉酒店的条件极适合我们这次会议，但是因为它的名字中有“温泉”二字，生怕给董事会造成我们借会议之名贪图享受的印象，故请再择条件相当的酒店。”

我把批复给阿珍看，她扁了扁嘴，夸张地露出一副欲哭无泪的表情。我和她那张在温泉酒店住一晚并泡温泉的发票一直没有给老总签字报销，不过我相信阿珍有办法把那笔费用“融化”在别的地方。我觉得温泉酒店失去我们这个客户挺可惜的，就因为它取错了酒店的名字。

我的编号是007，我每次出入公司办公大楼的时候，把食指或中指放到考勤机上，听到考勤机“嘀”的一声响。

科技让人更有耐心

我的编号是007，我每次出入公司办公大楼的时候，把食指或中指放到考勤机上，听到考勤机“嘀”的一声响。Pass了，我可以出去或者进去了，要是它发出的声音是急促的“嘀嘀嘀”，那说明它没有认出我，我有耐心的话，可以一直轮流放我的食指或中指进去，直到它认出我……

看起来似乎很先进似的，我这里并不是想为指纹考勤机做广告，相比较用卡钟打卡的时代，这个科技真的杜绝了请人代打或代人打卡之弊端，虽然，它读取指纹的能力有待加强，一再考验我们的耐心，长长的打卡队伍比以前卡钟打卡的时候移动得更慢——科技让人更具有耐心。

如果指纹考勤科技没有让别人变得更具有耐心，但是可以肯定，我真的因为它具有了非凡的耐心。每天早上，第一份耐心就是等在漫长的打卡队伍里，等待轮到我。轮到我的时候，指纹打卡机似乎知道我对它不友善，总是等我第三次将手指放进去的时候才让我通过，这时候，我都感觉到了身后同事们的不耐烦。第二份耐心是我用软件读取它的数据的时候，它需要让我等待比排队打指纹卡更漫长的时间，甚至它会给我一个白眼，让我的电脑死机；第三份耐心是我等待销售指纹打卡机公司的售后工作人员等得天长日久，他总是说："我明天就来。"而我一直没有等到他。

这个指纹考勤系统败坏了我几个月的好心情，我不能用它的数据来作为办公大楼内的人员计量的依据，我只好采取最原始的手段，让每个部门自己用手工打考勤表，他们可以借记性不好的名义对请假或工作时出去办私事的员工网开一面，而我对之束手无策。谁叫这个科技先进的指纹考勤机毫无公信力呢？我不能让一个放了五次手指而不得通过的员工继续在考勤机前一直试验他的指纹，指纹考勤机就像一个顽皮的戏弄着我的孩子，放几个人进去，又拦住几个人不放……

采购这个指纹考勤机的办公室主任，他一直向我征求关于使用考勤机的意见，我总是向他说，这个科技让我变得更加耐心并且怀念 286 电脑那个时代。他似乎没有听明白我的意思，早上上班时，要是和他一起上楼，他总是习惯性地发问："考勤机怎么样？"我终于对他放弃了隐喻，对他说："我们不如还是买打卡钟和打卡纸，重新开始打卡的时代吧？"他听了一怔，脸有恼怒之色，道："这怎么行呢？这不是历史的后退吗？"于是，他向我憧憬起 IC 卡打卡的将来，他说，他打算再向上头建议，用 IC 卡考勤系统来代替指纹考勤系统。

因为时常和办公室主任一起讨论 IC 卡打卡时代，所以，我对指纹考勤系统的耐心增加到无穷大。我们这幢楼里的人，依旧在指纹机前排队，包括我。他们不知道我已经完全放弃了这套系统，他们打卡和不打卡其实都是一样的，而我之所以还是会排着队和他们一起打卡，是因为我每天和自己打赌：指纹机它今天能不能认出我的手指呢？

有一阵子，食堂外包闹得红红火火，每天总是能收到一两封宣传食堂外包的信件，图文并茂，似乎不外包就跟不上潮流了。

厨工组长

有一阵子，食堂外包闹得红红火火，每天总是能收到一两封宣传食堂外包的信件，图文并茂，似乎不外包就跟不上潮流了。于是，管理后勤部的行政部张经理也有想把食堂外包出去的想法，他向老总建议说，外包是种潮流嘛，你看人家移动公司，把招聘和计薪等人事工作都外包出去了，省了多少成本啊，还不用操心。做得不好就换外包商，人家敢不做好吗？老总似乎有点心动，就要求张经理算好经济账，然后写个报告来。

就在张经理谋划着写报告的时候，公司现有的厨工组长龙叔听闻了这件事。按照公司的规定，任何只在计划中的特别是关乎员工利益的的事情，是不能够泄露出去的。要是泄露出去了，员工们一知半解，以讹传讹，便会产生不稳定因素，从而可能会发生让管理层猝不及防的事件，比如怠工，比如罢工。如果一件事情已经决策，通知发布前，我们会预见到可能发生的后果而采取相应的措施，对管理者来说，就不会那么被动了。

张经理和老总谈食堂外包这件事情的时候，只有我在场。我当然没有对任何人谈起过这件事情，老总当然也可以排除嫌疑，所以信息的泄露只能是在张经理自己身上。张经理为什么要把信息给泄露出去呢？我猜想了一下，认为可能是张经理在弄报告的时候不小心让他的手下阿权看到了，而阿权是每天到厨房和龙叔对秤的人，所以，阿权可能又是一不小心将这事说给龙叔听了。所谓“对秤”，就是照着龙叔每天买菜的清单，再重新称一下重量，核对一下价格。

厨工组长龙叔请我吃饭，龙叔除了请我之外，还请了张经理。龙叔请我们吃饭的地方让我们非常意外，并且受宠若惊，那地方是一个高尔夫球场的会所，装修豪华，全落地玻璃，起伏有致的高尔夫球场近在眼前，环境绝对一流。我们真不相信这是龙叔请我们吃饭的地方，但是，陪我们吃饭的并不是只有龙叔一个人，还有一个女人，她是龙叔的姐姐，她的座位在张经理旁边，看得出，她主动和张经理套近乎，她给我们派名片，上面印着“防疫局，某某某”，当然还有个不大不小的头衔。她主动说起龙叔掌勺的手艺不错，我们也认可龙叔做菜的手艺，他怎么说也是个出口转内销的厨师，曾经在洪都拉斯的中国餐馆里做过几年厨师，但似乎没有赚到钱，回国后经人介绍到我们公司做了厨工组长。

这餐饭以后，张经理再也不提食堂外包的事情。张经理有一次无意地对我说，他就是看不惯阿权总是换手机。“他哪儿来那么多钱，还不是龙叔那儿给的，我只是提醒他们一下。”张经理终于让我明白了消息是怎样泄露出去的。“我又不是不知道龙叔是他姐姐介绍来的，我们公司食堂的卫生证每年都是她搞定的。”张经理笑着说，“不过，以后能多吃龙叔几餐饭了，不信你等着瞧。”

果然！

管理层总是存在美好的愿望，生怕有一天，订单会突然多得来不及招人。我也曾经以这个理由来请求公司不要裁一线员工。

加班费是怎么省下来的

员工加了班，然后安排相等的时间补休，这是《劳动法》允许的。因为《劳动法》允许，所以，遵纪守法的企业，如果生产不是满负荷，是不可能付给员工加班费的，他们会合法地安排员工予以补休。很多人以为，企业这样做太抠门，想方设法不给员工算加班费。其实，你要是从另一个角度去理解，可以安排人补休说明这个企业还有冗余人员，存在裁员的可能，但是企业为什么不裁员，那是因为企业里的管理层不想炒人。管理层总是存在美好的愿望，生怕有一天，订单会突然多得来不及招人。我也曾经以这个理由来请求公司不要裁一线员工。

虽然不裁员，但是加班费还是得省下来。今年，讨论春节放假事宜的时候，鉴于很多员工有许多补休没有用完，要求他们在公司给予的年假中，除法定的日子外，其余几天用员工的加班时间作调休。这份通知贴出去不久，就让人撕掉了，生产一线的员工们认为这样对他们不公平，说办公室的那些人，都不需要用加班来抵调休，凭什么要他们将辛辛苦苦的加班来抵？

本来决定在农历年二十一那天放假，一直放到年初八。但是，那张通知让员工撕掉了，而且他们还在车间里实行了怠工和静坐来抗议。我们并没有将这件事情报告董事会，一旦报告上去，我们将会被领导嘲笑管理不力，软弱无能，说不定在今年考绩的时候会质疑我们的工作能力，可是，全计加班费的话，我们的述职报告就更不好写了。所以，我们召开了紧急会议，决定，全公司员工只能在除夕那天放假，谁要是想早回老家，就用他剩下的加班时间来调休，那些想急着回老家的员工们，那些已经定好回乡日期的员工们，纷纷就范，我们成功地解决了加班费和调休问题。

在年二十一的时候，车间的员工几乎走光了。我们大楼里的人，面相平静地继续来上班，但就在那一天，办公室的每个同事都被偷偷告知，明天开始不用来上班，算是放假了。公司的生产任务已经完成，要是为了给车间员工一个公平的印象，那么我们真的要上班到除夕。办公室里每天灯火通明，食堂还得天天侍候我们免费的午餐，这些费用算起来，就算只是一个星期，也是一笔可观的费用，说不定都够付那笔加班费了。

我们不能打破只调休不付加班费的惯例，我们也不能无所事事地待在办公大楼里浪费资源，所以，整个办公大楼的工作人员都统一了口径，我们之所以提前一个星期开始休假，那是因为我们自愿牺牲了一个星期的工资。反正，车间的一线员工，是不可能查到会计的账的。

我说的“我们”，是董事会以下，一线员工以上的中层管理人员。我们，都是没有加班费的。

林小姐确实是有东西留给我的，只是她自己不知道。她和我同一间办公室，我看中她的椅子有一年多了，她不知道她出差的时候，我就换她的那把椅子来坐。

一把椅子

现在外面下着很大的的雨，我刚刚从外面吃饭回来。听着外面的雨声，我想着刚才和林小姐在路边告别的情景。林小姐开车送我回家，在这之前我和林小姐在同一个桌子上吃饭，我们不着边际地谈论着我们都没有去过的欧洲，然后再感叹一下过去的时光。我们的话题轻飘随意，谁都看不出我和林小姐在吃告别饭，我们都没有说及将来。在路边，我下了车，雨很大，我执意要把伞留给她。我说：“那伞，算是我留给你的东西吧。”林小姐为难地说：“我都没有东西给你。”我回答她说：“有的，有的。”然后我就冒雨跑开了。

林小姐确实是有东西留给我的，只是她自己不知道。她和我同一间办公室，我看中她的椅子有一年多了，她不知道她出差的时候，我就换她的那把椅子来坐。我当然有自己的办公椅子，我的那把椅子看上去很舒适，有坚实的金属和织锦的椅垫，有四只稳固无比的脚，在我坐下和站立的时候，它总是会发出声音提醒隔壁的同事我正在改变身体的状态，所以，它迫使我轻手轻脚的，小偷一般，提防着发出声音，而让我不自觉地处于紧张的状态之中。

而林小姐的椅子是可以气压升降的大班椅，有滑轮，看上去虽然有点木木的，庞然大物的样子，却有着看不出的灵活和自由。某次林小姐出差的时候，我偶然坐在那把椅子上，把脚一点，从办公室的这头滑到那一头，而且无声无息，我的身体突然放松下来，我可以停在办公室的任何角落，在有人敲门的时候，悄无声息地滑回到办公桌前。

就是因为那把椅子，我把出差的机会都让给了林小姐，而我独享在办公室里的自由。有一天，林小姐对我说，她想辞职，以谋得更大的发展。林小姐的工作非常出色，她把各处的专卖店人员管理得非常好，从来没有听说有什么大矛盾发生。所以，我和她拍档是非常愉快的，林小姐做了我这个部门一半以上的工作。我并不介意她是我的上司，但事实上，我是她的上司，我坐在类似太师椅的办公椅子上，看着她乘坐着那把我“暗恋”的太师椅来到我对面，和我谈工作的事情。用她的话来说，是向我汇报工作，而我总是尽量避开“汇报”二字，我真的不想强调我和她之间上下级的关系。但是，当林小姐提出辞职的时候，我居然有点暗暗的欣喜，我第一时间想到的是，她走后，我可以光明正大地将她那把椅子据为己有。而为了那把椅子，我还暗暗地希望她早点走。虽然我知道她一走，我得花很多精力去理顺我的工作。

在吃告别饭的时候，林小姐告诉我，她说她不想在这里抢我的那把椅子坐，而她真的不甘心总是坐在那把椅子上，所以她不得不走。那时，我真想告诉她，我愿意和她换位置坐的，但是这由不得我做主。因为是别人把我们摆在各自的椅子上的。

林小姐走后，我占有了她的椅子，新招了一个女孩子做助手。说来奇怪，坐在那椅子上，想起林小姐，我居然

又充满了工作的热情，而不再关起办公室的门玩滑动椅子的游戏了。

她是我们公司新来没到三个月的漂亮女人，眼珠子特别黑，看起来水汪汪的，虽然我是女人，但我也喜欢长在她脸上的那对水汪汪的眼睛。

苏格兰围巾

她正在敲董事长办公室的门的时候，我刚好走回我的办公室。我的办公室和董事长的办公室是方块套方块的结构。董事长坐在里面的方块里，形象地比喻一下，就是两个宽相等而长不相等的两个长方形重叠，董事长就坐在两个长方形重叠的阴影里，而我，是坐在不重叠的那个地方。每个找董事长的人，必须经过我的许可，才能去敲董事长的门。其实我说“许可”二字那是我对我自己太尊重了，朝不尊重的方面说，我就像坐在董事长办公室门口的一条忠心耿耿的狗，每个进来的人，我都要闻闻他们的味道，味道对了才放他们进去。当然，我把自己比喻为狗，又觉得我对自己太尖酸刻薄了。

我看到她在敲门，本能地想阻止她。她都没有经过我的检查，她都没有向我说明找董事长有什么事，就直接去敲董事长的门了，她简直太不把我当人看了。我却又想起自己把自己比喻为狗的想法，不过，俗话都有说，打狗还看主人面。她怎么都得给我面子，怎么能忽视我的存在而直接去面对我的主人呢！

没等我把阻止的话说出口，我就听到董事长在里面说

了声“请进”！声音传到了门外面，依旧清脆响亮。她得意地瞄了我一眼，从我的眼皮底下闪进了董事长的办公室。她是我们公司新来没到三个月的漂亮女人，眼珠子特别黑，看起来水汪汪的，虽然我是女人，但我也喜欢长在她脸上的那对水汪汪的眼睛。可是，听说她一入职，就有豪语传出，她说，只要她愿意，就没有她搞不定的男人。她的豪言壮语通过隐秘的渠道传遍了整个公司，但是，没有一个男人透露出被她搞定的事实，当然，也没有一个同事去验证是否有男同事已经被她搞定。所以，她那水汪汪眼睛的战绩如何，成了一件悬案。

我算着她进入董事长办公室的时间，约十分钟后，她出来了。我用女人尖刻的眼光仔细地打量了她一下，看到她的衣服和头发没有什么异样，就有点放心，觉得董事长应该没有被她搞定。她的腋下神神秘秘地夹着一个纸包，还用得意的眼神瞄了我一眼，昂首挺胸地走了。我看到了她那对水汪汪的眼睛，觉得那只是榆荫下的一潭，而不是水深千尺的桃花潭，就不知道男人是怎么看的。

第二天，我又从隐秘渠道听到了关于苏格兰围巾的故事。几乎全公司的人都知道了，刚从英国出差回来的董事长送给水汪汪眼睛一条苏格兰围巾，全公司就她一个人有礼物，她说，你们知道这代表什么啊？于是全公司的员工暗地里都认为水汪汪搞定了董事长。

董事长过来向我传达指示，说：“昨天来的那个女同事，她想自荐去做江南一带的市场，我觉得她不适合，可能有损公司 CI，若试用期没过，辞了吧。”董事长转身回他的办公室，蓦然记起什么似的，说，安妮，从英国带来的小礼物，一条围巾，她看着眼睛放光似的，随手送她了。你就吃巧克力吧。

她修长美丽，我矮小平凡，但心里着实没有半点对她的妒忌，觉得上天把一个这么美的女孩子放在我身边，就像一朵美丽的花开在我身旁，我怎么可能不快乐呢？

美女的伙伴

我对美女向来没有什么意见，自认为自己对美还是有一定的欣赏能力的。我读初中的时候，班里有一个我当时认为绝美的女孩子，我想方设法让老师把我调到和她同桌去，于是和她做了好朋友。我们经常同进同出，她修长美丽，我矮小平凡，但心里着实没有半点对她的妒忌，觉得上天把一个这么美的女孩子放在我身边，就像一朵美丽的花开在我身旁，我怎么可能不快乐呢？后来，那女同学在她没有到二十岁的时候跳了海，这个事件让我对美人又多了点怜惜。觉得她们的身上会比常人多好多故事，从而生出不少坎坷来。所以，对美女们，可以疼爱的时候，确实应该多疼爱一下她们。

吕秀每天早上和我一起等公司的班车去上班，我和她要在路边站五分钟左右。开始和她站在一起的时候，我感觉非常快乐，因为路过我们身边的人们，总是会把视线停留在她身上，看来人们的审美能力还是比较正常的。吕秀确实是个美女，身材修长，五官精致，黑发如瀑，非常地养眼。我和她其实只能算是普通的同事，除了工作之外并无交往，只是因为住得比较近，所以每天早上我得以和她

站在一起。站在一起的时候，我的视线并不停留在她身上，而是观察经过她身边的人们。

有一天，我的一个朋友对我说："我每天早上开车经过你那条路，总是看看和你站在一起的那个女人，她总是在注意人家对她的感觉，一发觉有人看她，她就会摆出 Pose 来，真是让人不舒服。"我听着很意外，但自从他提醒之后，我就用眼角的余光来观察她，果然，她对每个经过她身边的人都有点反应，特别是对某些开车时放慢车速滑过我们身边的男士，简直是顾盼生姿。自从发现这一点后，我就和她站得远一些，尽量让陌生人看起来我俩不搭界的样子。

和她搭界的是我的另一个同事阿妹，阿妹不是个美女，还有点丑，皮肤黑，又有点胖，动作粗鲁，近三十岁了没有男朋友。她虽然不是和吕秀一起上班，但天天和她一起下班，下班后她们总是有活动，关于活动的内容我们总是能在下班的车上得到讯息，因为吕秀喜欢在车上安排她当晚的节目，她娇滴滴地说着话，她电话里的那个人当然不可能是女人。听着她俩在车上的谈话，能感觉到阿妹是唯吕秀是从的。吕秀是她进入男人世界的钥匙，如果没有吕秀，想必是没有人会和阿妹约会的。阿妹有时和别的同事谈起她的将来，口气中有点自得，给人的感觉就是：我有吕秀这样的好友，而吕秀的世界里是无往而不利的。

公司裁员的时候裁掉了她们两个。裁员的事情是我跟进的，我认为，她们感情这么好，就干脆让她们一起出去创业好了。听说，阿妹将许多年来储着做嫁妆的钱都拿出来给吕秀投资了，做电子元器件的销售，阿妹认为没有哪个男人会不买吕秀的东西。听说，后来阿妹到处打听吕秀的下落，而她要找回的并不是吕秀，而是她的嫁妆。

经济书上说，食物之类的东西，它们的价格浮动并不会怎么影响到一个人的生活质量，除非是战争或自然灾害时期，所以我觉得没必要为这些微小的差距而和商贩讨价还价。

反误了卿卿生命

有时候，我不得不承认，人和人确实是很不相同的。比如，我去市场买菜，从来不讲价，我为自己不讲价找了个理由，经济书上说，食物之类的东西，它们的价格浮动并不会怎么影响到一个人的生活质量，除非是战争或自然灾害时期，所以，我觉得没必要为这些微小的差距而和商贩讨价还价。

公司要采购设备，老总要求我去和供应商讲价。其实做在前头的同事阿明已经和供应商议过一次价了。流程是这样的：供应商报了价，我的同事阿明就和他们砍价，然后用砍了之后被供应商接受的价格来签合同，合同是需要老总签字的，老总签了字，阿明就可以将合同交财务付订金，一单生意就做成功了。

我的同事阿明是和我不一样的，当然，人家一眼就看得出，他是男的，我是女的，当然不一样。我说的可不是性别问题，我和阿明最主要的区别是：我买菜的时候不讲价，但他买菜的时候一定要讲价的，单价不足一元的青菜都要讲一毛钱下来。阿明的精明不仅在菜市场出了名，在我们这个行业的圈子里也是出了名的。所以，一单阿明已

经砍过价的生意，再交给我去砍价，真是十分艰巨的任务，在别的同事看来，这简直是不可能的。但是，这个工作是老总在开例会的时候交代给我的，当着七个同事的面，我不可以说“不”，而且，在我们公司一般不予解释不能完成任务的理由，尤其是在没有尝试去做这个任务之前。

我把供应商的资料仔细看了一遍，然后，我找了几家生产类似设备的供应商，一一电话去询问。当我面对那个供应商的业务员时，我笑着请他把单价再下调10%，他的脸上马上堆起了笑，准备和我打口水战。他说：“杨小姐，我们真的不能再降了，我们真的很优惠了，你的同事已经砍了一大截了……”他还想再重复他的难处的时候，我打断了他的话：“你给我说说你把报价比市场价提高10%的理由。”他睁大了眼睛，很惊奇地看着我。

对方的业务员和我推心置腹地谈了一番，然后他主动降了10%给我，加上阿明砍掉的5%，就以略低于市场价成交。业务员告诉我，因为他听说阿明是个还价特别厉害的主儿，报价时就把单价上调了10%，以备着阿明还价。经过一番讨价还价，阿明还掉了5%，原以为生意可以成交了，没想到还有第二道关。

我把新的合同交给老总的时候，老总笑了一下。我突然间明白了，老总他早就看出了那个业务员的把戏，所以才会派我去再讲价。阿明议过的价格，我居然还能砍掉10%，这让阿明很不开心。不久，同事间有风言风语传出，说安妮这次能把单价砍下来，真是瞎猫碰到了死老鼠，一个连买菜都不会讲价的人……

阿明后来被调去跟进零星物料的采购，比如螺丝钉、荧光光管、劳保用品什么的……

每月的八日，是公司发薪水的日子。所以，每月八日之前，几乎没有人提出辞职，八日发了工资以后，想辞职的人就会递了辞职书上来。

发薪日

每月的八日，是公司发薪水的日子。所以，每月八日之前，几乎没有人提出辞职，八日发了工资以后，想辞职的人就会递了辞职书上来。员工阿军在九日那天，将他的辞职书递给了他的主管，他的主管急急地来找人力资源部的阿梅商量，因为阿军想在递辞职书的第二天，也就是九日离开公司。偏偏阿军所在的岗位比较特殊，他一走，没有人接替他的工作，再招聘一个新的员工需要时间，所以，阿梅代表公司与阿军商量，希望他不要那么快离开公司，给公司一点时间来招聘新员工。

但是，阿军执意要走，这件事就报告到了老总那里。老总把阿梅叫了去，问《劳动法》上面，员工辞职是如何规定的。阿梅说，按道理，阿军应该提前一个月以书面形式通知公司，如果他在提出辞职的时候就要离开公司，就必须赔给公司一个月的工资。老总要求阿梅照《劳动法》去做。

这让阿梅非常为难。阿梅又去找阿军谈话，低声下气地恳求他能晚些日子走，不然她不得不扣他一个月工资。阿军冷笑了一下，说，上个月的工资在八日已经发了，要

扣就扣那前八天的工资好了。而且，就算我马上要走，按照惯例，那八天，公司也应该给我的。

阿梅没办法，再把阿军的话报告给了老总。老总听了之后黯然无语，叹了一口气，道："都怪我太好人了。"阿军说的惯例就是因为老总是个管理上讲人情味的人，包括对辞职的员工，在阿军之前，有员工辞职，在与公司商量后，在双方约定的时间之内离开公司，而这时间一般都是两三天。虽然法律上规定了公司有权利要求他们以薪代通知期，但老总却总是非常人情味地把他们的工资算到最后一个工作日。

阿梅也没有碰到过阿军这样难以商量的员工，他固执地就要在次日离开公司，并要求公司发给他月初八个工作日的工资。他的态度触怒了老总，老总要求阿梅一定要按法律和合同来执行。老总说："这人没有人情可讲!"

这件事情让阿梅左右为难，当她对阿军说，请他交出一个月的工资来补偿公司时，阿军听了哈哈大笑，说阿梅你真是榆木脑袋，哪有人那么笨，把已经落入腰包的钱拿出来呢！"但是，你们不能针对我，别人提出辞职一两天可以走，还可以拿到所有的工资，凭什么我不能?"阿军振振有词。

我交文件给老总签字的时候，老总叹了口气，问："安妮啊，我是不是把员工宠坏了？以后真的不能做好人了，都得按制度来，不然他们都把人情当制度了。"

"你把发薪水的日子改到二十日就行了，他们在写辞职书的时候就会慎重一些。"我才跳槽来到这个公司不久，发现这个刚刚由国企改制过来的公司，员工都很牛。

身边的男同事，个个都是讲黄段子的高手，但是现代职业女性亦旗鼓相当，甚至内容更加丰富多彩。

你感觉到被骚扰了吗

身边的男同事，个个都是讲黄段子的高手，但是现代职业女性亦旗鼓相当，甚至内容更加丰富多彩。听说，讲黄段子也属于性骚扰的范畴，但同事们每次聚餐总是以此当饭间助消化剂，似乎没有人感觉不愉快。

可是，我听到了两个很另类的自称遇到了性骚扰事件。第一次讲故事给我听的是市场部年轻漂亮的女孩子瑛。平时与同事们嘻嘻哈哈的时候，她也会随众讲一些带颜色的笑话，绝不是那种故作清高的女孩子。但是，她在一次与刘副总外出工作的时候，说自己遇到了性骚扰。不过得说清楚，骚扰她的人不是我们的刘副总。瑛说，她和刘副总一起出差去一个客户那里谈生意，对方的那个老总用独特的语言赞扬了她，她复述了那个老总说过的话，如下：

“瑛小姐那么年轻漂亮，追的人一定很多吧？”

“刘总有个这么漂亮的下属，肯定春风得意啦！”

“刘总你今晚留下吧，我让秘书给你订房间，哈哈，开一个房就够了吧？”

瑛说，她真的很想马上就离开，只是刘总恳求的眼光

让她忍了下来。虽然那人开的是她和刘总的玩笑，但是她说："这种感觉，比被一个陌生男人摸了胸口更恶心。"

给我讲第二个故事的是卡门。卡门在一家小型的港资公司工作，住在公司的宿舍里。她的老板名字叫做自觉，自觉是香港人，已婚有孩子。每天晚饭后，卡门宿舍的门总是会被他敲响，这是她的自觉老板来找她谈心了。自觉老板是个多情兼伤感的男人，爱看言情小说，他总是不无向往地谈起书中的爱情，然后赞叹卡门说，你真是像书中的女主角啊，言下之意，他应该是那书中的男主角。开始谈心的一两天，卡门几乎被他感动了，但卡门无法忍受他经常如此浪漫纯情的做派，不得不辞职离开了自觉的公司。听说，顶替卡门工作的女孩子，也受到了自觉多情地对待。卡门总结道："如此感觉，恐怕比在路上遭遇强奸更让人不堪忍受。"

我刚刚百度了一下"性骚扰"，得定义如下："性骚扰是性歧视的一种形式，通过性行为滥用权力，在工作场所和其他公共场所欺凌、威胁、恐吓、控制、压抑或腐蚀其他人。这种性行为包括语言、身体接触以及暴露性器官。性骚扰造成生理、心理和感情上的伤害。"瑛和卡门事件，也许不能被以上定义所定义。事实上，你也许能讲一百个黄段子，但是你亦有可能被一种不能定义的骚扰骚扰了。

她走的时候又和我握了握手，握手的时候我想，我们公司员工们的经济补偿金保住了。

她站在哪一边

全体员工的合同就要到期了，为此事，我向马总请示是否需要更改合同的有关内容。我要得到他明确的答复，才可以继续开展我的工作。马总回复说："等等，等我们一起和律师谈了之后再说。"

有时候我觉得，问律师还不如自己查法律条文，公司有指定的法律顾问，我也有请教他们的时候，可他们回复我的，往往也只是读条文，对于法律上模棱两可的事情，他们的回答同样模棱两可。可是，马总告诉我，他请教律师的原因是为了在劳动合同中最大程度地保护公司的利益。他说，有个律师，对这方面特别精通，特别有经验，曾经在日资企业做了多年的人力资源，然后考律师执业资格做了律师，所以，他知道在劳资关系中怎样最大程度地保护公司的利益。也就是说，他和那些读条文的律师不一样，他知道具体的操作怎样既合法又经济。

我终于见到了他，确切地说，应该是"她"。一个戴眼镜的女律师站在我面前，她向我伸出了手，客气地和我握手，我也学了她的样子，和她握了手。我认识她，她也认识我，但她和我打招呼的方式表示她不想和我相认，我

也反应灵敏地装做不认识她。马总笑呵呵地向我们介绍了彼此，然后大家坐了下来，开始了谈话。

马总说得没错，她确实是在一家大型的日资企业做了十来年人力资源，以前，我和她所服务的公司在同一个行政区内，我们经常在一些会议上见面，我们讨论一些劳资问题，经常观点相同。她曾经充满感情地对我说："无论如何，我总是站在员工这一边的。"她的意思是在法律许可的范围内，尽可能地让员工得到更多的利益。我相信她的话是真诚的，因为我见过她处理一起员工工伤事件。她对评残机构的人说："对我们的员工好一点。"这句话虽然普通，但是评残机构的工作人员能懂得她的意思，在伤残评级模棱两可的情况下，伤残评高一级，员工就可以得到更多的赔偿。

可她现在是个律师，是来保证资方利益最大化的。她以前告诉过我，在劳资合同中，资方可以规定很多有利于自己的又不违法的条款，比如在一年一签的合同中，把年末双粮改做经济补偿金，就可以在辞退员工的时候不用再补每年一个月的经济补偿金。那时候，她应该已经在为考律师牌做准备了。

现在，她装做不认识我，她似乎是很认真地看了我们公司的合同条文，然后她说："合同没有什么问题，我只有一个建议，建议把全体员工的合同到期日错开，分成三批，以防在合同到期日员工流失过多。"她走的时候又和我握了握手，握手的时候我想，我们公司员工们的经济补偿金保住了。

和我一起做整理工作的曼姐告诉我说，凡是大学毕业的就是干部身份，中专技校毕业的就是工人身份。

档案

我们公司改制之后，原先放在主管部门的人事档案必须清理出来，属于干部身份的挂靠到市人才交流中心，属于工人身份的挂靠到市劳动局。于是，我必须到主管部门去，由他们的工作人员陪同，一起整理那些档案，再斟别哪些属于干部身份，哪些属于工人身份。说实话，我对这些并不熟悉，和我一起做整理工作的曼姐告诉我说，凡是大学毕业的就是干部身份，中专技校毕业的就是工人身份。

曼姐是我们公司改制前所属主管部门的档案管理人员，也就是说，我和她本来应该算是一家子的，现在我们要分家了。档案分清楚之后，我和她就是两家人了，从此泾渭分明，各过各的日子。可惜却事与愿违，我们进展顺利的档案整理工作在最后遇到了难题。

我和曼姐在核对档案清单的过程中，发现一个属于工人身份的档案不见了，还有两个工人档案已经被开封，里面的资料已经不全。虽然我对于国企的人事档案工作非常陌生，但在和曼姐几天的工作接触中，她向我灌输了不少这方面的知识，于是，我也知道了丢失档案和私拆档案是

比较严重的错误，是可大亦可小的事情。曼姐说，不要慌，我们慢慢想想，这是怎么回事。其实，我是真的没有慌，因为这些档案。十几年都在曼姐工作的这个部门，我和它们以前没有发生过任何关系，任我怎么想也想不出个原因来。我说，曼姐，不急，你慢慢想吧。

曼姐果然想出原因来了。曼姐说，自从她接管档案室以来，从未动过那些档案，就不存在开封的问题。而在她之前，管理档案的是一个临近退休的老头子。我就笑了起来，说，曼姐，我们把那老头子找出来，问问他把档案放哪儿去了。曼姐叹口气说，档案肯定找不着了，肯定找不着了。

五年前，管理档案的是临近退休的徐伯，在一个很平常的日子，徐伯下班回家，第二天没有来上班，因为在那个晚上，徐伯脑溢血逝世了。曼姐推理说，在徐伯逝世前的一些日子，徐伯肯定在做一些整理工作，他拆开了档案，放在办公桌上。放在办公桌上的档案就是那一个完全遗失和两个部分遗失的档案，他还没有整理好的时候，下班时间到了，于是他把档案放在桌上，下班回家了。当然，第二天他不可能来上班，于是，或是清洁工，或是别的同事，不经意间将那些纸清理掉了。

曼姐把以上推理写成了报告，报告给她的上司解释此事。我回公司，也用曼姐的推理向遗失了档案的三个员工做了解释，他们的脸上有点茫然，说，丢了啊，不知道这些档案以后还有什么用呢……

我把整理完毕的属于干部身份的档案挂靠到市人才交流中心，而属于工人身份的那部分档案，曼姐请示了领导，答复说可以继续放在他们那儿。

小天是个爱看时事政治的人，当时，因为R国的某个国家领导人的行为伤害了广大中国人民的感情，这广大的劳动人民，当然包括出生在南京的小天。

正门和偏门

市场部的小天叫我一起去赴一个饭局，小天是市场部专门跟进发货工作的，有个货运公司的老板请她吃饭。请她吃饭的意图很明确，他想和我们公司合作，想让小天引荐一下。小天叫上我，一是怕饭桌上冷场，二是以后若真的谈合作，吃了人家的嘴软，或许我也能帮上一把。

小天说她原本不想赴这个饭局，但人家极其诚恳地邀请了若干次，不去的话恐怕会持续邀请下去，索性去一趟谈一谈，做个了断，吃饭的地方是小天自己挑的，生怕人家太过破费。我们到的时候，饭桌上已经有两个人了，其中一个是货运公司的老板卢先生。我和小天都以为另一个男人也是货运公司的工作人员，大家点点头都坐了下来。

小天是个爱看时事政治的人，当时，因为R国的某个国家领导人的行为伤害了广大中国人民的感情，这广大的劳动人民，当然包括出身在南京的小天。于是，小天在饭桌上愤愤然议着如何让R国领导人幡然醒悟的话题。卢先生旁边的那个男人默默地喝着饮料，低着头不语。小天就开他玩笑说，你这个样子，还真像极了R国人。卢先生似乎突然醒悟过来，说，对不起，忘了给你们介绍了，这位

李先生，东北人，在一家外企工作。

卢先生介绍完，李先生站起来，又向我们点点头，说他有事要先走了。卢先生望着李先生走出门去，回过头来对小天说，给你讲个故事吧。卢先生开始讲故事了，他说，在本市有一家很大的外资企业A公司，A公司开有两个门，一个大门，一个偏门，A公司的外籍工作人员和贵宾只能走正门，所有中国的员工只能走偏门，包括上门去推销、想做他们生意的中国人，也只能走偏门。卢先生说，他就是上门去推销业务的中国人，所以他是由偏门进去的，接待他的就是李先生。A公司的货运业务都是外包的，要是能接下来，对卢先生来说是笔大生意，所以，卢先生做好了让价到底线的准备，可是李先生却没有还价，第二天他接到李先生电话通知，按他的最初报价进行合作。卢先生准备了一个红包打算答谢李先生，李先生拒绝了，说，让同胞赚他们的钱，是我应该做的。

我们都听得懂“他们”指的是什么，小天听得入了神，她说，就是刚才那位李先生吧，他真厉害哦。卢先生说，是啊，现在我们成了朋友啦。小天说，卢先生，看在你朋友李先生的面子上，我答应帮你的忙啦！

小天果然没有食言，卢先生的货运公司以极有竞争力的报价取得了我们公司的货运合同。卢先生故事中的那家A公司就在这座城市的最南边，我一直没有机会去验证其正门和偏门的出入状况是否如卢先生所言。

阿怡调到了我所在的部门。我的部门架构也很简单，来了阿怡也就是三个人，但我们都不是阿怡的同学，也不和她合租一个房子。

偏偏喜欢她

阿怡和丽儿是大学同学，一起参加工作，很巧的是，她俩进的是同一个公司，开始是在不同的部门，后来公司内部架构调整，她俩都到了同一个部门。她们部门的架构很简单，只有一个经理，姓黄，黄经理属下也就她和丽儿两个人，主要做些通知开会、组织活动、处理各种认证证书的年度审核等简单却繁琐的工作。阿怡和丽儿两个人私下将工作分了工，她俩觉得分工很公平，所以，她俩互相帮助，工作得比较开心，连房子都租在一起，同进同出，亲如姐妹。

半年后的一天午休，阿怡破天荒地跑到我的办公室来找我聊天。我的办公室就在她们办公室的隔壁，以前她经常来找我说话，但自从丽儿和她一个部门以来，她就不曾在午休的时候跑到我的办公室来。所以，她一进来，我就下意识地问："丽儿不在么?"阿怡没有回答我的问话，在我的桌前的椅子上呆坐了一会儿，突然问道："你说黄经理是不是不喜欢我?"她这句话是设问句，自己问完了，然后自己答下去。"黄经理每次开会或出差回来，需要交代的工作总是找丽儿，当着我的面找丽儿，由丽儿去完

成，要是时间紧，我就打丽儿下手。平时我做的都是鸡毛蒜皮的工作，传真啊复印啊打印啊都是我做，明摆着不喜欢我嘛!”这是她们部门内部矛盾，我当然不掺和，就只当了个听众。

此后，阿怡跑我办公室的次数多了起来，她说话的重点几乎都是黄经理对她的态度，她越来越觉得黄经理不喜欢她，以至于让她觉得她就要下岗了。“我就要下岗了，她只喜欢丽儿，一点都不喜欢我。”这是阿怡每次倾诉完之后的结论。我就安慰她：“不要杯弓蛇影啊，事情远没有你想得那么悲观。”

奇怪的是，阿怡虽然抱怨黄经理只对丽儿好，却没有说过丽儿一句坏话。相反，丽儿交代下来的工作，她也是尽心尽力去完成。总之，有错的只是她的领导，领导不会在下属面前示以公平，原因只有两个，一是领导做得不合格，二是对下属有意见。阿怡认为是第二个原因才让自己在部门中充当杂役的角色。

公司给了一个副经理的名额给阿怡所在的那个部门，丽儿理所当然地升了级别，这样一来，阿怡就有了两个领导，有了两个领导的阿怡日渐沉默起来。不久，阿怡打报告请求调离本部门。

阿怡调到了我所在的部门。我的部门架构也很简单，来了阿怡也就是三个人，但我们都不是阿怡的同学，也不和她合租一个房子。

我感到一阵轻松，微笑起来，他超过了那一条1cm！我向阿霞做了“V”手势，对着话筒说道：“请你明天过来面试好吗？”

那一条

阿霞拆开了一份用大信封寄过来的简历，拿着看了一会儿，低声说了一句话，我没有听清，“那简历怎么了？”我问她。“没事儿，这简历挺好的。”她把简历递给我，似乎欲言又止的样子，但她什么都没有说。

我仔细看了看那份简历，是一个快要毕业的学生寄来的自荐信，简历上贴着一张标准证件照，照片上的男孩挺帅气，他所学的专业适合我们的要求，CET六级，英语口语流利，热爱足球说明他富有团队精神，还有丰富的社会实践经验，他太适合我们的条件了，我们需要这样的营销人员。一个优秀的营销人员代表公司的形象，这样专业对口、综合素质又高的应届毕业生是可遇而不可求，我真是觉得“踏破铁鞋无觅处，得来全不费功夫”。我拿着这份简历，走向老总的办公室，老总对这个职位很重视，要亲自面试求职者，所以，我想取得老总的拍板，让他来面试。

走了几步，我突然想起一件事，停了一下，又继续走向老总的办公室。简历有三页，老总把那三页纸翻来翻去，怕看漏了什么似的。我笑着说：“老总，你不用找了，

他的简历上没有那一条。”老总笑了起来，说道：“你还记得那一条啊，那你怎么还把这简历拿过来?”我说：“我看这男孩条件不错，以为你会忽视那一条。”老总把简历递还给我，摇摇头，他说：“不，那一条很重要，你问清楚了，合要求就让他来面试。”

我走回我的办公室，阿霞靠在办公室门口等我，她笑说，果然让我猜到了，那一条！我现在觉得，符合那一条并不仅仅是我老总的意思，在我和阿霞的潜意识里，在面试求职者的时候，那一条也时刻在发挥作用。

我把那份简历拿在手上看了很久，我真的不想因为那一条筛走他，如果他把那一条要求的情况清清楚楚地写在简历上面，我和阿霞可能就会在对他发生兴趣之前筛去他，可是，我们现在觉得他已经够优秀了，那一条并不是他的错，要是他距离那一条的要求就差那么一点点的话?

我打通了他留在简历上的联系电话，一个年轻的声音在电话里应答了我。“你好，我是××公司人力资源部的，能问问你的身高吗?”我不想对他说我们对他的简历很满意，我不想给他希望然后因为那一条又让他绝望。所以，我就直截了当地问了那一条，“请问你多高呢?”我又重复问那一句。

“我 171cm。”他在电话那头答道，我感到一阵轻松，微笑起来，他超过了那一条 1cm！我向阿霞做了“V”手势，对着话筒说道：“请你明天过来面试好吗?”

有员工发现我们的老总在附近的西餐厅打包下午茶回公司，营销部的会议室又飘出了一阵阵香味，香味的成分很复杂，不仅仅只是咖啡的味道。

卡布季诺

不属于营销部的同事都羡慕营销部门的同事，因为他们自由。他们每天不用准时来打卡，只要完成了定额任务，他们不会受到批评，而且还能拿到可观的奖金。当然，别的部门的人只有羡慕的分儿，没有几个人去勇于承受营销部门的工作压力，便也相安无事。

可是，每到下午三点稍后，凡是经过营销部办公室的人，总是能闻到一阵阵香味，这香味来自奶茶、秋刀鱼、蛋挞和蛋糕，有时，趁着会议室的门开开合合的间隙，甚至可以看到他们往秋刀鱼上挤柠檬汁，那是营销部门的人在下午茶了，他们在附近的西餐厅叫外卖，他们一般用下午茶的时间开例会，这种习惯延续了很久，公司里的旧同事都已经习惯了这种味道。大家都知道营销部是公司的宠儿，没有他们每个月的好业绩，大家都不可能安安稳稳地坐在各自的位置上，他们总是在外奔波，有一餐没一餐，生活不规律，享用一餐下午茶也不为过啊，何况，他们的下午茶的费用来自营销部员工 AA 制集资，用的不是公司的钱，而且他们还是偷偷摸摸地不太张扬地用下午茶……虽然阻挡不了香味跑出会议室的门口。

自从午后的香味消失之后，每个员工的心里都有点失落，甚至有不踏实之感。下午茶被取消的原因是更换了一个营销部经理。新官上任三把火，新来的营销部陆经理烧的第一把火，就是要求他们不能在公司里吃下午茶，说这有损于公司形象，是公司纪律不严的表现。不准吃下午茶后，例会似乎也取消了，只有陆经理的秘书“咚咚咚”地跑来跑去通知开会，陆经理总是无奈地抱怨开会的人老到不齐。

不久，营销部又有了一种味道，一种咖啡的味道。营销部员工小万拿了一个可以打奶泡的搅拌杯放在他们部门的茶水间里，到了下午三点稍后，小万就把一些牛奶倒入搅拌杯开始打奶泡，然后，给所有在场的同事都发一包速溶咖啡，然后把打好的奶泡一一倒在各同事的咖啡上，于是，每个同事的手上都有了一杯卡布季诺，我也有幸尝过小万制作的卡布季诺……虽然速溶咖啡有点甜过头。喝咖啡是个人自由，所以，陆经理不好明令禁止小万的行为。

公司的业绩好几个月没有上去，员工们闻到卡布季诺的味道都有点心慌，陆经理经常召开会议，严肃认真地要求大家提高业绩，但开会的人依然到不齐。小万有时也参加会议，参加会议的人面前都有一杯卡布季诺，陆经理也不例外，但陆经理从没喝过一口。

又过段时间，有员工发现我们的老总在附近的西餐厅打包下午茶回公司，营销部的会议室又飘出了一阵阵香味，香味的成分很复杂，不仅仅只是咖啡的味道。小万做了营销部经理，陆经理无声无息地不见了。

一到周日下午两点半以后，您要是打我手机，那肯定是无人接听；您要是打我办公室的电话，我的文员会告诉你："杨小姐她正在例会中。"

"杨小姐正在例会中"

周五下午两点半开例会，例会的参加者是各部门的头头，所以，一到开会时间，可谓是"万人空巷"，各部门的头头们都开会，各部门自然是山中无老虎，但是，猴子们一样称不了大王，权限规定，有些字儿非各部门头头签不可，有些主意非各部门头头拿不可。可是公司里还有项规定，即开会的时候，除非山崩地裂在即，否则不能打扰开会人员。这样子，矛盾就产生了，但凡矛盾都需要一个解决方法，开始的时候，解决矛盾的方法很灵活，因为大家随身都带了手机，各部门的喽罗们自然可以拨通他们头头的电话请示意见，于是在会议期间，总是有人偷偷地小声说电话。参加会议的人们还是比较得体的，会议期间，都把电话弄成了无声，私人电话当然不接，接公务电话可是理所当然，小声说话之中，脸色正经肃穆，透着公务繁忙的样子。于是，要是会议期间，没有一个电话进来的，便有工作不力、权威不足之惶惑，于是，与会人员接电话的次数越来越多……

会议的主持人是我们的老总，他开始容忍我们接听电话，终于有一天，他发言了，他说，在开会期间总是听电

话指示工作的人，显示其安排工作有问题，或者其属下处理工作事务存在问题。老总说："你们看，开会的时候，怎么就没有人找我请示呢?"听了这话，大家面面相觑，但没有一个人开口向老总说明："需要向你请示的人都坐在会议室里了，还用得着打电话么?"

老总表态之后，各部门头头们回去都开了内部会议，将自己开会期间的各项事务做了工作指引，特别强调，不管多么重要的事情，包括天塌地陷，都不许打电话请示，一律等到开完会之后再作安排。他们都说："不就是几个小时的时间嘛……"

其实，这几个小时的说法，说在嘴里大家都是比较心虚的。咱们国家的语言，"三"以上方能称为"几"，说明这会议，肯定是在"三"以上，至于到底是"几"，大家心里都没有底。但你必须在两点半以前坐进会议室，坐进会议室之后，就只能听天由命了。

例会是越开越长的，所谓例会，就是一周工作的总结，总结过去，展望未来，具有"划周代"的意义。老总他改革过会议制度，为了缩短会议时间，他要求每个部门在开会之前提交一份每周情况总结表，表格有统一的格式，格式上有待处理问题一栏。各部门头头们填好了，交老总一份，自己留一份，在会议中与其他部门协调解决或由老总批示解决。可是，解决问题的办法并不是一下子就可以产生的，A部门认为可行的事，B部门提出反对意见，于是一把锯子开始拉来拉去，拉上十来回合才可能把树锯断，而后面要锯的树排着长队呢……大家都把树放到会议上来锯，心想，难得大家都在……这是大团圆的日子啊!

所以一到周五下午两点半以后，您要是打我手机，那肯定是无人接听；您要是打我办公室的电话，我的文员会告诉你："杨小姐她正在例会中。"您要是很不幸周五下午找我办事，非得我签名表态不可，您就只好等了，到底等多久？我告诉您：“几个小时！”

照理说，玉是辟邪的工具，戴在身上理当感觉吉祥才是，可她那些晃眼的玉器，就象一个做错了事情而感觉心虚的人，拼命找好多借口粉饰自己的错误。她身上的玉器就若那些借口，旨在宣告：我是一个不怕邪的人！

玉器

我一见到她，就感觉不祥。她身上戴了几件玉器，脖子上是金链，可坠子是玉的，用金镶了，在胸口滚来滚去；手腕上有只绿得深浅不一的镯子，根据我不多的珠宝知识，也看得出她这只镯子价格不菲。手指上也是金镶玉的戒指，大得不寻常，仿若手指上长出个金绿块块。她裹得紧紧的套装是墨绿色的，她整个人看起来，像趴在水里的石头，长满了绿藻。

她绿得让我感觉不祥，人的直觉真是难以解释。照理说，玉是辟邪的工具，戴在身上理当感觉吉祥才是，可她那些晃眼的玉器，就像一个做错了事情而感觉心虚的人，拼命找好多借口粉饰自己的错误，她身上的玉器就若那些借口，旨在宣告：我是一个不怕邪的人！

她是新来的采购部经理，姓裴名翠，就叫裴翠，和她的装扮相得益彰。她不是来办入职手续的，照她的说法是这样的。“我来知会你一声，我明天就上班了。”在她来知会我之前，我已经知道她要来入职，因为她是某位董事的亲戚。董事的亲戚任职，这样重要的职位当然是应该的，我一直对此不惊诧莫名。

裴翠原先管的是一家分公司的采购，她爱佩戴玉器众所周知。采购部的同事们早些日子之前就向我打听裴翠上任的时间了。很多时候，在人力资源部还是机密的事情，在整个集团里面却已经算是公开的秘密了，尽管这样，我也没有向他们宣布其正式上班的时间，一是在今天之前我是真的不知道她到底什么时候来就职，二是就算知道了，也不会从我的嘴里把这消息提早宣布出去。

裴翠离开我的办公室后，我们部门的文员阿霞探进头来，她说，嘿，听说最近玉器店生意好了，我们的供应商们都要去准备玉器了。我瞪了阿霞一眼，阿霞又说，不是我损她，人家采购部的人都在这样说了……

其实，我也是这样认为的。我的老总在通知我她要来任职的时候，苦笑着说："终于轮到我们这儿啦!"听老总的语气也是帮谁心疼着买玉器的钱似的。

当天下午，我又从阿霞那儿得到采购部最新消息，说他们正在暗地里研究裴翠之前所在两家分公司的成功经验，怎样在最短的时间内让裴翠到另一间分公司任职。裴翠在每间公司工作的时间都没有超过两年，听说在她"当政"期内，采购部的其他人根本见不到供应商的面儿，只得听裴翠吩咐出订单，抓点小主意的分儿都没有。但是，最后总有什么事情会爆发出来，让某位分公司的老总可以据之写报告，以顾全大局的名义恳请董事会调离她。

而她那两个"滑铁卢"事件，听说都与玉器有关。阿霞还神秘地笑着对我说："我们公司的同事们，原先佩戴玉器的，都摘下来了。"阿霞伸出她的左腕，她原先那只浅白色不值钱的玉镯子不见了，代之以一串水晶珠链。

我又仔细看了看风扇，是的，它还是一尘不染。难道我的办公室有什么磁场作用，把灰尘都吸附走了？

风扇为什么不惹尘

过了清明，天气闷热，开冷气还不是时候，便拿了放在一边的风扇来吹。照理说，风扇从去年秋天放到初夏，一直未用，理该有些积尘才是。但我仔细检查了风扇的上上下下，居然纤尘不染。这是件令人称奇的事情，我和技术部的张姐在 QQ 上聊天，我说，我办公室的风扇奇了，居然不惹尘，可以申请吉尼斯了。张姐说，你最近出差了两个月时间了，要是你一直没出差，你就可以知道风扇不惹尘的秘密了。

天啊，张姐的办公室与我的办公室在不同的大楼里面，而她居然知道我的办公室的风扇不惹尘的秘密？看来，这是一个已经公开的秘密了。我请她告诉我原因，她神秘兮兮地对我说："你观察几天就可以知道了。"

第二天上班，我又仔细看了看风扇，是的，它还是一尘不染。难道我的办公室有什么磁场作用，把灰尘都吸附走了？正当我胡思乱想的时候，清洁工珍姐进来送开水，低声地和我说"早上好"。我心不在焉地回了她一句"早上好"，继续盯着风扇看了一阵，然后就忙开了。我忙的时候，珍姐也在我的办公室进进出出了好几次，有一次我还站起来让她清洁桌子，而我的眼睛仍旧盯着电脑屏幕，她仔细擦拭着我桌上的电话机，我说：“行了，擦一下就行了。”她就放下了。

吃完中午饭，我从餐厅走回办公室，在楼梯口遇到珍姐在抹楼梯的扶手，我说：“珍姐，现在是下班时间啊，你休息一下啊！”她还是低低地说：“我做完这些事就休息。”然后又低头抹将起来。我心里惊诧于她的勤快，珍姐是我出差前招进来的清洁工，专门负责我们这幢办公楼的卫生。她在我办公室做清洁的时候，我并没有注意到她在做什么，可我每次去洗手间。总是见到她的身影在洗洗涮涮。我在上楼的时候，心里“咯噔”一下，这个珍姐，似乎在每个人用完洗手间之后都会去清洁一番。天啊，她太可怕了，她这样干活，能干得完吗？怪不得午休时间，她还在干活。

我边上楼边观察我们的办公楼，这一看，我开始明白办公室的风扇为什么一尘不染了，我看到楼道上的绿色植物，每一片叶子都是干干净净的。张姐在QQ上问我：“你知道风扇的秘密了吗?”我说，我知道了，我以前忽略了珍姐，要不是用风扇的话，还不知道她是那么好的一个员工。张姐说：“是啊，要是请她做家务，那真是最令人放心的了。”

几天后，董事长召开了一个会，各部门的负责人列席。董事长先讲话，他首先讲了责任心的问题，他说，我们公司里面，有一个人是我们学习的榜样，一个人不管处在什么位置，深知自己的职责是什么，并努力做好它，努力把它做得更好，就是一个优秀的员工。“珍姐!”我心里默念了一下，抬头看看与会的同事们。“珍姐!”他们异口同声地把她的名字说出口了。

“你们都知道了。”董事长说道，“一个人做了什么，做好了什么，大家都看得到。散会吧。”

小倩笑着说，我们这公司好啊，胖矮肥瘦者，皆有之，是个正常的公司。

胖矮肥瘦者皆有之

故事是听来的。讲故事的是新来不久的同事小倩，任副总经理的秘书，她纤瘦苗条，气质不俗。我第一眼看到她的时候，就对她很有好感，有了好感就会关注她一下，于是在午餐的时候，总有意无意地和她坐同一张桌子。因为坐在同一张桌子，我们还不是特别熟，于是我和她都要承担起找话题的责任，而小倩是新来的，要是她有心，她应该在和我同一桌子吃饭的时候，更多地承担找话题的责任，这样才是一个完美的新同事的形象。

她果然没有让我失望，她微笑适度，言辞得体，适当地讲些公司的事情，再适当地讲一些她自己的事情，有公有私，话题很完整。一个星期之后，我们同桌午餐，不用再刻意找话题了，话题会自然地从碗里的一块红烧肉开始延伸开来。一天中午，她不经意地说起她的上司刘副总，赞扬他随和有礼，并且很有能力和才华。一个秘书赞扬她的上司，言词里面带着自豪与快乐，并不特别。只是我感觉，她的口气里还有一种如释重负的轻松，笑她遇了明主。庆幸一番就可，为何感慨如此？于是我就听到了一个好玩的故事。

讲故事的人，都如我一样，需要第一人称。小倩她讲故事如下：

“我以前在一个台资公司做秘书，老板是个不苟言笑的人，老板娘也是公司股东，不时会来公司看一下。我到那个公司做秘书，是老板娘从众多应聘者中挑出来的。在我入职之前，她还特意问了我的体重。我是特别瘦的，怎么吃都不胖。于是我对老板娘说，是不是因为我太瘦了，怕我不能胜任工作。老板娘说没事，还夸我精神状态不错，于是我就入了职。没想到入职以后，我发现办公室的女性都偏瘦，想必都是老板娘的审美观。”

小倩说到这儿抿了抿嘴，笑着问我能不能猜到为什么办公室的女人都是瘦的。我想了想，既然是老板娘挑的女职员，必然是防老公吃腥，老板怕是喜胖的好色之人。小倩夸我聪明，于是她继续往下讲。

“日子一长，我发现老板和一女人过往甚密，那女人长得胖，奇形怪状，怎一个丑字了得，老板出差的时候，总是会带上她。我那时想，她一定有什么过人的才华，所以我的老板才会不嫌弃她，让他做自己的情人，觉得老板他还是挺与众不同的。再后来，我发现，老板和我们办公室的清洁工也有一腿。我忘了和你说，我们这幢楼里，就这个清洁工长得胖些，而这一腿，楼里的清瘦女同事们都知道。我觉得这件事情太离谱了，并觉得有些恶心。我是不用担心同事们议论我和老板有什么暧昧了，我这么瘦，属于安全级别。”

小倩的故事讲完了，她最后还总结了一下说，虽然只是个秘书，能接受上司有怪僻，但不能容忍自己的上司和一个清洁工偷情，而且是个公开的秘密，觉得这个老板实在拿不出手。我说：“嗯，我知道，就像忠臣为昏君做事那种感觉吧？好在现在可以自由地飞掉昏君了。”小倩笑着说，我们这公司好啊，胖矮肥瘦者，皆有之，是个正常的公司。

我想，我需要找到她们其中的一个人作为切入点，切入一个点，就切入了一个群体。

切入点

我自小就厌恶打麻将的人。小时藏起父亲的麻将一两只，其遍觅不着，疑我偷了，逼我交出，我如刘胡兰般坚持到底，拒不承认，直至父亲恼羞成怒，我因此没少挨打。小时只有直觉上的厌恶，长大一些便有了理性的分析，去分析打麻将为什么能让人如此痴迷以至于欲罢不能，我高中时很是打了一段时间电子游戏，其痴迷程度不亚于打麻将的人。当某晚我反省于自己小时候对麻将的厌恶，再对比自己对电子游戏的痴迷，便明白了一些道理，就静静地戒了打游戏的爱好。

此后，我再也没有痴迷过什么东西，没有痴迷，也让我成为一个没有特长的人，下棋玩扑克打麻将等，我都是门外汉，于是，在很多娱乐场所、社交场合，我是个相当乏味的人，除了聊天和散步。

我的同事们在谈论麻将的时候，我总是保持沉默。她们或他们有尝试过让我参与他们的麻将活动，我皆以不会为由拒绝。但是，我发现，同事中居然以打麻将者居多，如我这般不打麻将之人稀少得很。于是，我相对地成为了一个另类。打麻将之事虽然是私事，但是，当你觉得你被一个群体排除在外的时候，感觉是十分不爽的。我想，我需要找到她们其中的一个人作为切入点，切入一个点，就切入了一个群体。而且，我还认为，作为一个人力资源工作者，这也是工作需要。

我与经常接送我办事的司机阿玲熟络起来，她不仅接送我办事，也接送不同职位上的同事们办事，所以，在她那儿可以得到更全面的资讯。她的言谈话语里面，总是能反映出最近各同事们在麻将桌上的现金流向。一说到麻将，小玲就会侃侃而谈，由麻将而自己，就会扯到她自己的经济状况，而她的心情，是随着麻将桌上的手气变化着的。

阿玲叹息自己手气不好持续一段时间了，似乎手气没有好转的迹象。有一次她开口向我借了三百元，我借给了她，同时命令自己忘掉借钱这回事。我从小的经验告诉我，要一个打麻将的人还钱除非是等她赢回很多钱。

可是阿玲又向我借钱了。那次我和她一起出差去另一个城市，吃晚饭的时候，我点了几样家常菜，等阿玲泊好车进来。她进来后，并不问我是否已经点菜，又叫服务员过来点了几样比较贵的菜，我说我已经点了，她说："啊，我忘了问你，但点了就吃多点吧。"阿玲虽是个女司机，但动作什么的总是有男人的做派，让人觉得她很豪爽。吃多一点，也是种豪爽，我不能拒绝。

我从来没有见她享受美食如此这般专心，似乎与她最近经济状况有关。我付钱的时候，她似乎不经意地说："安妮，再借我点钱。这城市我有朋友，稍晚探望他们免不了搓几圈。"

我还是把钱借给了她，她答应我帮她代领下月奖金。从那以后，我终止了与她的交流，我想，我的切入点找错了，或许是我不应该去找什么切入点。于是，我重新成为某个圈子以外的人，并不仅仅是心疼那些借出去的钱。

打电话约秦文吃饭，秦文总是会问一句："都有谁啊?"打电话约刘正吃饭，刘正也会问一句："都有谁啊?"

推理

打电话约秦文吃饭，秦文总是会问一句："都有谁啊?"打电话约刘正吃饭，刘正也会问一句："都有谁啊?"秦文和刘正都是我的旧同事，也就是我现有的部分同事的同事，同事们聚餐的时候，总是会想起他俩，然后约他俩出来吃饭。我们都知道秦文和刘正是很要好的朋友，曾一起拍档开拓华北市场，后来不知什么原因一前一后地离开了公司。辞职另谋高就对市场部人员来说是再正常不过的事情，当初他们前后离开公司的时候，大家都没有多想。

但当我们分别约了他俩出来时，他俩在饭桌上相遇之后露出了尴尬表情。此后，他俩在赴饭局前不约而同的那一句："都有谁啊?"让我觉得此中玄机四伏。人的好奇心就是这样被挑起来的，而且我从小就喜欢看侦探小说，喜欢揣测故事情节，用福尔摩斯的话来说，就是推理。

某个下午，我有点空闲，同事们又在说着聚餐，我就想起了秦文和刘正，于是我打开了档案柜，开始找文件。我记得秦文的离职是在2005年底，当时，他在华北的业绩上不去，但也不至于差到必须引咎辞职。我调出2004年12月的文件，有秦文的年终总结。秦文的措辞之中颇多无奈，似乎有怪责公司领导不全力支持之意，无奈之下只好离去。我再往前翻，秦文的汇报请示文件并不多，这和我们公司凡事必书面请求的“风俗”格格不入，难道他采取了别的方式请示总经理？

我想到的当然是电子邮件。老总的工作邮箱虽然由老总在自己的Outlook上收取，但是收取之后在服务器上仍有备份，我可以进入查看。于是我进入了老总的邮箱，查找2005年底的邮件，发现从华北办事处发过来的，几乎都是刘正的邮件。看了邮件之后，我终于明白秦文和刘正之间发生了什么事。

这是一个很老套的故事。刘正曾是秦文的助手，是秦文最信任的人。秦文走华北市场的时候带上了刘正一起开疆辟土，就在那时，刘正绕过秦文直接与公司联系报告，老总初时以为刘正是受秦文安排与公司联系的，而秦文不知是不是忙于工作，缺少与公司的沟通，还是太相信刘正，让刘正负担起沟通之责。在年底时，刘正以先发制人的方式将业绩不善的原因推与秦文，并提出自己的方案，最后取代了秦文的位置。刘正以渐进的方式摧毁了老总对秦文的好印象，而刘正邮件中的措辞看上去虽然诚恳有加，一副为公司抛头颅洒热血的样子，在我看来，却也掩盖不了贼子之野心，我老总怎么会看不出来呢？

刘正是在半年后离开公司的，他的那一套激进的方案并没有让业绩上升，反倒有损原有之成绩。秦文也许是在被刘正取代以后才明白事情的真相的，我很想通过推理知道，秦文那时会是怎样的心情呢？

我看到同一部门的同事们称兄道弟、称姐道妹，好得恨不得一个人似的。那时候，我总是会去推理他们最后的结局，是不是会像秦文和刘正那样，这辈子怕也再不可能在同一张饭桌上出现了。

我感觉小孟并不内疚，她已经用她“上天不公”的理论原谅了她自己。她全身已经笼罩在妒忌香水的氛围中。

“妒忌”香水

小孟最近想买支GUCCI ENVY香水，她告诉我说，那香水的中文名叫“妒忌”，广告中说，要想得到别人的妒忌，就先要拥有那支妒忌香水。小孟在淘宝网上看到那支香水后，把那个网页收藏了，小孟好几次都冲动得想按下订购，但是想到乡下的父母说哥哥要结婚，要她省点钱寄过去。虽然小孟对父母把她当做摇钱树的做法有点不开心，但想到自己还算是家里最有用的人，免不了有点得意。所以，她是一定会让哥哥结成婚的。

小孟并不是一个用香水的人。准确地说，在闻到部门经理梁小姐身上的香水味之前，小孟还是觉得用香水的都可属于风尘女人之类。有天早上，小孟拿文件进梁小姐的办公室请她签字，一进门，就闻到一种柔和的香味，似有似无，让她的鼻子不由得去追寻香味的来源。梁小姐看到小孟猛吸鼻子的样子，就笑着说，别这样啦，只是香水味儿，叫妒忌。她拿出一个小小的瓶子，长方形的透明的瓶子里面装着黄色的香水，在小孟的手腕上喷了一点。于是，一整天，小孟闻着手腕上若有若无的香气，不免有点向往起这种香水来。

其实，小孟向往的是经理梁小姐的生活。在小孟看来，梁小姐不像她那样，在乡下有着贫寒的父母，还有个无能地等着她的钱结婚的哥哥。梁小姐的生活似乎是非常轻松的，她可以每天换一套漂亮的衣服，还可以喷 GUCCI 香水。小孟在午休的时候，总会因此说一些上天不公之类的话，大家便也安慰她，说她可以帮到家里，也是值得欣慰的成就了。

老总让我发梁小姐的调令给她。高层决定的事情，要不接受，要不就是走人。可是这个调令发得如此突兀，让我十分疑惑。走进梁小姐的办公室，她似乎已经知道这件事情了，正在整理办公桌上的东西。我把文件递给她的时候，她说："我这事可以入吉尼斯了，我就是为了一支香水的事情而调职的。"

梁小姐所在的部门，有部门经理可以支配的不多的部门费用，用于部门内搞活动什么的。而梁小姐和部门的人员说过，三八妇女节的时候把这笔费用发一些给大家。"本来说好了发现金，后来因为我怕发现金影响不好，因为其他部门是没有这笔钱的，怕在公司内引起误解，我就发了日用品。"梁小姐苦笑着说，"终于有人拿这事做文章了，说我发现金贪不了钱，发实物从中可以捞油水。"

午休的时候，我们又说起梁小姐的调职。小孟说，她不管调到哪个职位，都一样过好生活的，她那样的人，不怕失业的。我们都没有接小孟的话，转而谈她们部门发的三八妇女节慰问品。小孟又接口说："我卖给梁小姐啦，然后我买了那瓶我想要的 GUCCI 妒忌香水啦!"

我这才注意到小孟身上散发出的淡淡香水味。我问她："你难道不知道梁小姐为什么被调走吗?"小孟心虚地看了我一眼，说："我很内疚呢，早知道她会拿钱买我的日用品，就不会发这些牢骚了。"

我感觉小孟并不内疚，她已经用她“上天不公”的理论原谅了她自己。她全身已经笼罩在妒忌香水的氛围中。

后弈他对着九个太阳，要射一个下来开夜班，那也是九分之一，而且射下来的，并不一定是我——阿清离开时，用了太阳做比喻。

月亮的脸悄悄地在改变

月亮它没有考研，所以它只能一直开夜班，所以它只能围绕着地球转。阿清开完夜班后，在回家的路上，月亮走，她也走，她看着月亮想到了自己，心生怨艾。部门里面，四人一组负责一个项目，其他三人都是研究生以上学历，在分工的时候，他们都说他们需要在白天处理很多数据类的东西，而晚上只需要看看仪器，做些他们认为简单的记录就行了。所以，阿清小组的另外三个同事认为，这么简单的事情，交给阿清就行了，所以，阿清她不得不开夜班，她甚至找不出反驳的理由。谁叫你不是研究生啊，就只好做做打下手的工作啦！

阿青才 25 岁，本该是面色光润的青春年华，却因为长期开夜班，面色枯黄。阿清开始是以为自己的护肤品用错了品牌，换了五六种护肤品，脸色依旧。后来，她发现她那个做护士的表姐，脸色也和她一样，就和她谈起了护肤问题。表姐幽幽地说，我们做护士的，总是开夜班，新来的鲜嫩鲜嫩的护士，不出两年，脸色不是苍白就是枯黄，皱纹也比人家来得早，谁叫我们是做护士的命啊。阿清听了表姐的一席话，恍然大悟。她这才明白，为什么读

你不能阻止我的悲伤

我做了N种假设，
最后还是发现，
假如我是她，
她的任何一种选择，
都无法说服我去选择她的选择。

大学时光洁红润的皮肤在工作两年之后不见了，原来，就是晚晚夜班害的。

阿清知晓这个道理后，专门在白天回了一次公司，她来找我，希望通过人事部门和她所在的部门沟通，改变一下她所在那个小组的排班情况。她的要求让我有点为难，她也看出了我的为难，她指着自己的脸对我说："安妮，你看看我，我这样下去，残花一朵，谁会摘啊?"阿清的话让我动了恻隐之心，我答应她去试试看。

我想，既然阿清会来找我，自然是知道自己的力量无法改变她所在部门的决定，而我也觉得，让一个女人长年累月地上夜班，确实是太不公平了。我找到她所在组的项目负责人，希望他改一下现有的安排，让阿清过一种能见到几天太阳的日子。没想到，那位有博士学位的项目负责人一口回绝了我的请求，他说，外面有多少大学生等着她这份工作啊，她能在白天独当一面吗?我无语地退了出来，科研中心这块地方，除了他们的学历，我对他们所学的东西一窍不通，我没有权力来决定他们的工作细节。

阿清还是天天上夜班，直到有一天，她来递辞呈。她说，在某个月色皎洁的晚上回家的时候，她看着月亮，觉得它虽然明亮，但那还是借着别人的光。"那是虚的，而且只能亮在夜里。"阿清很轻松地笑着说，"虽然这份工作待遇不错，虽然考研之后前途未卜，我还是决定去考研了。"

再怎么黯淡那也是太阳啊。后羿他对着九个太阳，要射一个下来开夜班，那也是九分之一，而且射下来的，并不一定是我——阿清离开时，用了太阳做比喻。

我开始怀念以前那个乖巧地躲开机密谈话的安妮，从四签名开始，我和我的碎纸机，似乎都不再轻松了，

四签名

董事长要处理旧文件，我和我的碎纸机到了他的办公室。旧文件很多，我根据我的理解，将那些文件做了分类，一类是必须用粉碎掉的，一类是撕掉就可以了，还有一类是无须粉碎，可以直接交给清洁阿姨当废纸去卖的。董事长过来翻看了一下我的分类，他没有表示意见，我就当他是默认了。

正当我一张张把纸往碎纸机里送的时候，有人敲门，进来的是会计部的经理。他站在一地的纸上面，嗫嚅着不说话。我说，让碎纸机凉快一会儿，我先出去一下。我出了门到茶水间喝水，看着时间，心想，过五分钟之后再进去，五分钟他应该把事儿说完了吧。五分钟到，敲门，听到董事长叫“进”，我便开了门，看到会计部经理还在一张纸上比划，正欲退出去，董事长说，没事，你进来吧。

董事长的意思就是，我可以坐在那儿听他们的谈话，也就是说，我进入了机密的核心。其实，他们的谈话也到了尾声，会计部经理出去的时候，随口说了一句：“我们部门的旧文件也太多了，没处放，想销毁一些。”董事长点了点头。

过了两天，收到了会计部请求销毁文件的报告，董事长捏着那份报告对我说："安妮，你和我去对一下里面的内容，他们说要销毁。"我从他手上接了那张纸，仔细看了看，报告附有要销毁文件的清单，上面明明白白地显示，要销毁的是 1996 年至 1998 年的会计凭证和账簿。我知道董事长是做会计出身的，而我也学习过税法普及知识，清清楚楚地记得有个条例这样写：会账凭证、完税凭证及其他有关资料，外商投资企业和外国企业、私营企业的会计凭证、账簿的保存期为 15 年。上述需保管的资料不得伪造、编造或者擅自损毁。

我没有向董事长提起保存期这回事。我太相信他的专业知识了，他让我去核对一定有他的理由，而我要做的，就是去执行核对的命令。我们一起去会计部清点账册凭证，董事长和会计部经理就站在旁边看，一名会计协助我做清点工作，核对无误之后我在清单上签了名，我让协助我的会计也签了名，然后让会计部经理也签了名，最后让董事长也在上面签名。要销毁的资料装在两个箱子里。空间宽敞的会计部，难道就容不下这两箱子凭证和账册？

我拿了大家都签了字的清单去复印，给会计部留了复印件，"我留原件。"我说，"怕记性不好，以后忘记了，万一要查询，也知道这些东西什么时候处理掉的。"这时候，我发现，我去复印的时候，那两箱子资料已经不在了。说是已经拿去烧了。

董事长从我手里要去了那份签名清单。他疑惑地问我："安妮，那账簿的保存期是不是五年？"我不安地告诉他，应该是十五年。他捏着那张纸，手有点抖。从这之后，谁来请示报告，董事长总是让我在旁听着。那张有着四个签名的清单，他锁到了保险柜里了。

从那之后，我开始怀念以前那个乖巧地躲开机密谈话的安妮，从四签名开始，我和我的碎纸机，似乎都不再轻松了，而且，总是会联想到福尔摩斯探案集里的那个《四签名》的故事，因而经常觉得不安。

一只南美洲亚马逊流域热带雨林中的蝴蝶，偶尔扇动几下翅膀，美国得克萨斯洲的龙卷风正在形成……

蝴蝶效应

发工资的日期是每月八日。公司员工们的法律意识越来越强了，他们都知道，要是遇到节假日，工资应该提前在节假日之前发放，而不是顺延至节假日之后。但是，员工们也相当通情达理，他们，当然也包括我，体谅计粮组和会计们的工作量，在遇到节假日的时候，默许发工资的日期顺延至节假日之后。

五一长假一结束，计粮组的阿丽马上开始了计粮工作，根据往年惯例，要是节后的发工资日期迟了一两天，员工们就会闹意见。有些同事在长假时已经清空了发薪的存折，正等米下锅，他们的着急也是情有可原。所以，一放完假，上至董事长，下至我这种小头头，都很重视节后发薪工作。将军们都知道稳定军心的重要，要是迟发了几天工资，就军心不稳，势必会带来不良反应。

但是，我万万没有想到这次的不良反应是如此严重，工资拖延了三天，有个员工将此事投诉到了劳动部门。这次节后上班第一天，总经理对我说，他明天要去俄罗斯，已经定好了行程，要人力资源部门和会计部尽快做好工资报表，待他签好名之后他才走。我马上将这个消息通知到了计粮组的阿丽，要她加班赶做报表，要在第二天上班之前交到总经理那儿。那天我正好要出去开个会议，我要求阿丽将工资报表直接拿给老总去签。

第二天早上，上班的时候我见到了阿丽，她穿了双新的高跟鞋，走起路来婀娜多姿。虽然公司的员工每个人都有公司发的制服，但公司并没有十分严格地要求员工穿制服上班，所以阿丽她能够穿什么衣服配什么鞋子，显示出她一丝不苟的穿衣风格。她对我说，报表就快做好了，而我告诉她，我大约会在上午十一点左右回来。

直到现在我还在检讨，我和阿丽之间的沟通方式是不是存在问题。我确信我是交代了阿丽让她直接拿报表给总经理签。我也确信阿丽是对我说过，报表可以在规定的时间内做好。但事实上，报表没有在限定的时间内放到总经理的案头，以至于出现了一连串不良反应：不能按时发薪，被员工投诉，高层们生气了，阿丽被警告，计粮组被扣掉了奖金。

而造成这一切的原因，仅仅是因为阿丽那双全新的高跟鞋，居然在阿丽去交报表之时，鞋后跟与鞋体分离了。阿丽只好回到办公室，和她同办公室的同事们居然一个都不在，她打电话到处找 502 胶水，终于在机电组找到了。等她解决好她的鞋后跟，总经理已经走了。没有总经理的签字，会计部不认账，两天之后才联系到在俄罗斯的老总，得到他的传真确认，事情就搞大了……

一只南美洲亚马逊流域热带雨林中的蝴蝶，偶尔扇动几下翅膀，美国得克萨斯洲的龙卷风正在形成……阿丽面对着被 502 胶水暂时成形而未能挽回全局的高跟鞋，叹："这输入端小小的失误，被迅速放大到输出端。"

今天，我也整天待在电脑前面，有行情时看行情，没行情时看新闻和评论，揣测第二天的行情。有什么事情不得不处理的时候，我也叫我部门的文员：“你帮我去办一下……”

牛市何时了

我最近到生产部的办公室里去，总是感觉有点异样。但是，我想不出异样在何处，大家都是坐在自己的位置上做事情，和以前一样。

昨天有事打电话给生产部的主管阿华，请他上来填份表格，阿华问我：“我可不可以叫文员来拿给我填?”我说，当然可以。放下电话，异样的感觉又来了。我刚才打电话给技术部的张经理，他回答我的也是：“我可不可以让文员来拿给我填?”

这些天，在各部门之间匆匆忙忙来去的都是各部门的文员，她们上传下达，似乎是她们在维持着这个公司的正常运转，而他们的头头们这些天总是一进办公室就不见出来，似乎在忙着重要的事情。我叫住生产部来找我的女孩子，问道：“最近生产很忙吗？订单很多吗?”女孩子说：“和以往差不多啊。”

本来每星期召开一次的例会也被总经理取消了。星期五下午，到了开例会时间，我按时到达了会议室，没有见到人，等了十分钟左右，见到总经理的秘书急匆匆地走进来对我说，这星期的会议取消了，什么时候再开会另行通知。我离开会议室的时候，觉得这个公司的人简直都有问题了，在每天早上上班之前，我都看到总经理已经在办公室了，还曾经因为老总的早到而心里惴惴，生怕自己不够敬业。但是现在，居然连个会议也不开了，同事们最近都在奋斗什么呢？

我打电话给生产部阿华，告诉他我要到他的办公室谈谈试用期员工转正的事情，他答应了。我坐在他的对面，他面对着我，他的电脑背对着我。他和我聊着，不时瞟一眼电脑，他附和我提出的所有意见，我强烈地感觉到……他想让我早点离开他的办公室。

我的好奇心又上来了，上至总经理，下至部门主管，他们都在电脑前为一件事忙着，这会是一件什么事呢？晚上我的好朋友纯子的一通电话，让我恍然大悟。纯子在电话里兴奋地喊："Annie啊！你的股票解套了吗？最近江山一片飞红啊！"——股票！对，就是股票，让我的同事们魂不守舍的就是套了五六年的股票啊！

今天一上班，开电脑后立马下载了一个思八达股票软件，一打开，屏幕上的数字都是红字。想起多年前，同事间经常谈论股票，都买有金额不详的股票，后来一个个被套了，便当自己没有这个钱一般，慢慢地都不谈及股票了，没想到江山改了颜色……听说，漫长的熊市过去了，牛市已经来临！

今天，我也整天待在电脑前面，有行情时看行情，没行情时看新闻和评论，揣测第二天的行情。有什么事情不得不处理的时候，我也叫我部门的文员："你帮我去办一下……"

我偶尔会想到，就算是一张白纸，也比阿雅的生活来得精彩。阿雅的生活，就象她忘了把原件放在玻璃板上而按了“开始”键，出来的还是一张白纸。

自是人生长恨水长东

曾经的总机接线员、会客室茶水招待员、现在的行政部普通文员阿雅又在发呆了。随着春雨越下越密，阿雅发呆的次数也越来越多，当我有资料需要她打印、复印的时候，需得叫上两遍:“阿雅，阿雅!”她才会蓦然回过神来。

复印机是几个部门共用的，就是因为共用，大家对复印机缺少疼惜，复印机的故障次数就多了起来。行政部为了让复印机多活几年，特指定部门文员阿雅为各部门需要复印的人服务，也就是说……专人复印，阿雅专职于复印文件已经七年了。

有时候，我也会对着阿雅发呆。当我对生活觉得失望的时候，当我想责怪枯燥的生活正在夺去我的生命的时候，当我恐惧于生命就这样一成不变地老去的时候……阿雅，她还是站在复印机前面，等着空白的纸进入复印机的肚子里，然后，被一些文字、符号、图表覆盖，又从复印机的肚子里出来。我偶尔会想到，就算是一张白纸，也比阿雅的生活来得精彩。阿雅的生活，就像她忘了把原件放在玻璃板上而按了“开始”键，出来的还是一张白纸。

七年前的阿雅，是个总机接线员，容貌端正，声音甜美，笑意盈盈，未婚；七年后的阿雅，是个专司复印的行政部文员，她该笑的时候笑，该说的时候说，她还是未婚。铁打的营盘流水的兵，未婚的男士们来了一拨又一拨，那些在工作中都需要文件复印的男同事们，有的已经使君有妇，有的不知去向何方，可是曾经，他们都与专司复印的阿雅有过交谈，但是，他们都像是那张忘了放上玻璃板的原件，阿雅的日子依然是复印机里出来的一张张白纸。

电脑部的清清比阿雅小七岁，她们住在同一个宿舍，清清因为年轻，说起话来直来直去，她说阿雅："白痴！活该当了七年文员。"清清是个活泼的女孩子，自入职以来，一直在上着各种各样的学习班，考着各种各样的牌，包括车牌。清清长得很一般，没有阿雅漂亮文静，阿雅也很看不起清清，说她："疯婆子！"

疯婆子清清跳槽去另一家公司当主管的前一晚，同事们送她。清清喝得有点多了，拉着阿雅的手，颇为"语重心长"地对阿雅说："你不能这样过日子，自以为长得好看一点，就一天天地等着白马王子。现在有点脑子的男人哪会喜欢花瓶啊！"阿雅当场拉下了脸，拂袖而去。

阿雅是办公室的一道风景，她轻轻地接过你手中的资料，她轻轻地放上复印机的玻璃板，她轻轻地按一下"开始"键……你如果是个男人，你若在旁边看着她，会不会在心里升起一点怜惜？当她对着春雨发呆，你低唤两声她才蓦地把一对水汪汪的眼睛转向你，当你注意到她眼角细细的皱纹……你会感叹什么？时光吗？也许，你会有错觉，以为她就是琼瑶言情剧里的女主角。但是，我告诉你，那真的是错觉！

我做了N种假设，最后还是发现，假如我是她，她的任何一种选择，都无法说服我去选择她的选择。

你不能阻止我的悲伤

“设身处地”这个成语，并不是在任何时候都适用的。我总是把我自己假设为她，然后想，要是我在这时候会怎样做，我在那个时候又会怎样做。我做了N种假设，最后还是发现，假如我是她，她的任何一种选择，都无法说服我去选择她的选择。

每次在公司里遇到她，我都不敢去面对她的眼睛。在早上九点和下午五点之间，她的眼睛平静、睿智，她心思缜密，她的工作井井有条。她是我最好的同事，准确一点说，她曾经是我最好的同事，她曾经和我同住在一个宿舍里的上下铺，一起憧憬过美丽的爱情，而我现在不知道她去向了何方，我知道我很容易可以向别人打听得到，但我从来不敢与别人提起她。

我不是怕她，我没有借她的钱，也没有做过任何不利于她的事情，我只是害怕想起她的眼睛，从而一发不可收拾地让自己陷于悲伤之中。我们同时二十三岁的时候，她爱上了一个男人，她爱上的那个男人让我恶心，我简直无法想象她怎么可能会爱上那个男人，用一句女人常用的话来说，就算是全世界的男人都死绝了，我也不会爱上他。

但是，她爱他，似乎爱得死去活来，那是一个会用鲜血写情书的男人，那是一个会在情人节抱着鲜花等女人几个小时的已婚中年男人，他来自一个偏僻的农村，为了得一个男丁而连续生了三个女孩的男人，而他，居然也是我们的同事。

他们的相爱让二十三岁的我充满了仇恨。我对她说："告诉我，是你的身体需要吗？你的身体需要比你的灵魂需要干净得多。"她那双大眼睛无辜地望着我，蓄满了泪水，她哭，双肩一耸一耸的："我是真的爱他！"

每次在公司里遇上那个男人，我总是直视他的眼睛，在他经过我身边的时候，用气声说："人渣。"每次开会的时候，我故意坐到他的对面，用眼神和口形告诉他："人渣！"不久之后，他写了辞职报告，离开了我的视线。

她没有离开我的视线，她持续地给予我悲伤。我到现在还没有想清楚，她到底打破了我生命中的什么东西，以至于，在她消失之后，我想起她，心里面还是有恨意。在我们一起二十六岁那年，她和一个踩倒皮鞋的后跟开摩托车的矮小的本地男人在一起，她惴惴地对我说："我怕过了这个村就没有那个店了，我在这儿，只有一个人。"我忘了那时我是怎样看着她的，现在让我模拟当时的情形，我想，我应该是嘴角一撇，冷笑了一下。

听说，那个会写血书的已婚中年男人，终于和他老婆制造出了一个男丁，重返老家不再出来打工。而她在跟那个本地男人消失之前，一直没有向我提起过那中年男人在情人节的鲜花。我这么多年来一直没有谈恋爱，我总是觉得诉说爱情有那么一点可笑，有几次差点说到了爱情，因想起她而缄口不言。

“全体员工今年是吃饭还是喝粥，就看这一单了。”这是前同事市场部老李常说的一句话。

老李的名言

“全体员工今年是吃饭还是喝粥，就看这一单了。”这是前同事市场部老李常说的一句话，这句话，老李去年也说过，去年的去年也说过，以此类推，也就是说，老李每年都说这句话，而全体员工想吃饭的还是能吃上饭，想喝粥的还是能喝上粥，粥里还加有瑶柱、鱼片、瘦肉、皮蛋不等，也就是说，不管老李那一单成或不成，大家也都没有饿了肚子。

所以，老李的那句话就成了名言。每年一开始做年度计划，老李总是宣称他有大订单，让大家对其充满希望。但是，久而久之，老李那一句话也就成了励志名言，业务员们都喜欢引用老李的这句名言，来阐述自己的客户对公司的重要性，而大家听了也只是笑笑，这句话，不失幽默，又能提醒大家注意自己，又不怕太郑重得不成功便成仁，真是一句亦庄亦谐，恰如其分的话啊！

其实，老李手头跟的都是一些小客户，却是异常繁忙的样子。他经常给部门经理出谋划策，写起报告来以“几”张纸计，有份报告中，他甚至计划将某上市C公司的订单全部抢过来，规划有一二三四五条，有同事告诉他，C公司自己建有自己的加工工厂，加工厂的规模不小，不可能把单子外发给我们做的，老李一听恼了，又说了一句名言："万事没有不可能！"

老李的第二句名言也很快被流传开来，又被当做励志之用。而老李之所以称做老李，就是年纪相比较别的同事为大，看在老李之老的分上，年轻人不与他计较，反正老李也快要退休了，留几句名言在公司里也算是件光荣的事情……大家谈论老李的时候，都带着明显的调侃，包括我，也会经常引用老李的名言，然后有一种为老李"设身处地"的凄凉。

一九九七年，亚洲金融风暴过后，集团公司在东南亚的业务全部瘫痪，外销订单锐减，公司一片愁云惨雾。这段时间，几乎没有人引用老李的名言了，除了老李自己。"今年你们是吃饭还是喝粥，全看我啦！"不久，老李居然把C公司的采购部人员带到了我们公司来看厂，看厂的意思就是C公司有意和我们合作，才会派人来核定我们公司作为供应商的资格。C公司的采购部经理在我们的会议室里握着老李的手说："谢谢你这几年一直和我们保持联系，以至于我们的新产品一上生产线就可以得到个这么好的供应商。"原来C公司的产品升级，而他们的配套工厂的设备和技术却未升级，他们核算后，觉得升级现有设备在时效和投资上来说，还是找外部的厂家供货来得合算。

在那凄惶的一年里，老李真的让我们吃上了饭。我们以为那一整年，都会看到老李得意的面容，但是，老李似乎还是老李，还是看上去有点"盲目"的自信乐观的样子。第二年老李就退休回家养老了，他在离职之前又把一份看上去完全不可能的客户订单争取计划交到了部门经理那里。为那个计划书，市场部专门开了会研究。开会的时候，大家多次引用了老李的名言，然后，相顾无言，对着老李的计划书，大家的脸上都没有老李那种自信乐观的表情。

我得去换个手机号码，让我的前上司的上司邓先生找不到我，因为我害怕汉尼拔医生也把我列入他的标准之内。

汉尼拔医生的标准

我看完电影《沉默的羔羊之汉尼拔》之后接到邓先生的电话，那时，我正沉浸在故事的情节中，汉尼拔医生是个喜欢吃人的人，他所吃的人或多或少都犯了点错误。邓先生在电话里对我说，蔡琪已经向劳动委员会提出仲裁了，而我们必须要找到证据才能让她不起诉。其实，不是我们要找到证据，而是邓先生他需要找到证据。

我知道邓先生的难处在哪儿，就算我没有亲眼目睹邓先生在“领旨”时的情景，现在也能推断个一二，让我们把镜头转向执行董事的办公室吧。在宽大明亮的办公室里，执行董事把一张传真纸“啪”一声拍到邓先生面前，邓先生肯定被吓得抖了抖。“你分管的那个D公司的蔡琪，有人投诉她利用公司资源做私活，你到底知道不知道?”邓先生小心地把那张传真纸挪到自己面前看了看，道：“我一定查清楚，一定给您一个答复。”

镜头又摇到D公司的会议室，邓先生召集了D公司的会计部人员，连夜查账，结果一无所得。但D先生越查越心有不甘，向上打报告说，D公司业务太小，不如取消算啦，以免大家都借着这盘子生财。上头果然接受了邓先生的意见，说，先把D公司的人清空了，再进行清算解散工作。于是D公司的员工都领到了工资和遣散费，唯独蔡琪一分钱都没有拿到。

镜头又转到执行董事的办公室，D先生颇有点得意地说，啊，解散工作圆满完成，那个蔡琪，虽说没有查到什么，但是把她的钱也扣了，料她心虚，不敢讨要的。邓先生虽然说是香港人，但是一点也不懂香港的法律精神，不是说在未有证据确定其有罪之前，首先应该认定其无罪。咱们的祖国，现在不也正在学习这种精神么？邓先生却反其道而行之，他在没确定蔡琪渎职之前，却先假定了她有罪。

邓先生打电话给我，是希望我帮他联系蔡琪的两个手下。这两个手下在此文中姑且命名为阿左和阿右，这阿左和阿右听我说了原委之后，颇有点为难，她们说，她们也没有什么文字证据证明蔡琪有渎职情况，只是隐约觉得她们的上司蔡琪日子过得太好了。在她们的口气中，我突然有点明白了董事办公室的“传真纸”的来源。

邓先生和阿左、阿右一起吃饭沟通，要求阿左和阿右出庭作证，阿左阿右面有难色，邓先生说，给你们每人三千。听到三千的时候，我手里的筷子“啪”一声掉下来了，我香港电视剧看多啦，做伪证是要坐牢的啊。我说我头疼，要先回家了，你们谈，你们谈。

回家的路上，我想起了电影中的汉尼拔医生。照这样说起来，邓先生和阿左、阿右都在汉尼拔医生的标准之内，他们的头盖骨将被汉尼拔医生不动声色地取下来，窃取他们的脑干让他们自己吃，我想我一定不能卷进这件事情中去，我得去换个手机号码，让我的前上司的上司邓先生找不到我，因为我害怕汉尼拔医生也把我列入他的标准之内。

过了些日子，听说蔡琪打赢了官司，阿左和阿右没有出庭作证，她们俩也许也看了这出有关汉尼拔医生的电影，这电影恐怕只有邓先生没有看过，他为了不让这件事情给董事会知道而可能丢掉对他来说来之不易的职位，又不想自己掏腰包出蔡琪那份不菲的工资和赔偿金，一直和蔡琪唱着空城计……他真的是个不怕被汉尼拔医生吃掉的人啊！

这几天上班的车上没有人说话，把我闷坏了。平时大家都嘻嘻哈哈，这两天都在昏昏欲睡，我知道原因是什么——世界杯！

世界杯

这几天上班的车上没有人说话，把我闷坏了。平时大家都嘻嘻哈哈，这两天都在昏昏欲睡，我知道原因是什么——世界杯！

在大老远的德国踢来踢去的一个小小的球，居然搞得全中国人民不得安宁，睡眠不足，个个熊猫眼，早上来上班，女士们妆化得一个比一个浓，而且，一有时间就都赶紧睡觉，因为晚上还要继续战斗……世界杯！

这些天来，三个老总的办公室总是整日关着门，午休时间没到三点我们都不敢去敲他们的门请他们签字或请示什么，我知道原因是什么……世界杯！

董事长喜爱的是比足球更小的球……高尔夫。我以为他看不起那只比高尔夫球大太多的足球，可是，他接连几天都没有在办公室出现了，难道，原因也是……世界杯？

这个办公楼里面，只有我和阿芸两个人不看足球，所以，在世界杯期间，全公司保持着清醒头脑的似乎只有我和阿芸两个人。无论我俩走到哪一间办公室，总是会卷入同一个话题……世界杯。

但是我们很快就离开话题的中心，很快就要来一个很

重要的客户，为了这个客户的到来，阿芸所在的营销部门做了近一个月的工作，直到世界杯开始后，大家似乎忘记了这个客户就要来到的事实。这个客户关系着我们的产品出口量是减少一半还是增加一半啊。客户经理阿芸偷偷地和我说："让他们晚上都看世界杯白天睡大觉吧，特别是那个曾经理，自从开赛以来几乎没有正眼瞧一下工作安排，这下子轮到我表现啦！"阿芸在众人皆睡其独醒的气氛中，欢快地做着工作，等待着她职业生涯中最光辉的日子到来。作为阿芸的好朋友，我当然支持她能抓住这个时机好好表现一下她自己。

来的是两个日本人，阿芸的日语也很不错，沟通得相当顺畅，提供资料、样品，参观生产线，都是阿芸安排的，这些事情，半天时间都搞定了，日本人总是礼貌地哈依哈依的，脸上不露声色，让人不知道这事情到底有几成把握。吃午饭的时候，三个老总，曾经理、阿芸和我相陪，电视上正在播放与世界杯有关的节目，两个日本人突然叽里咕鲁说起来了，曾经理的日语虽然没有阿芸那么好，却也能说几句日常用语，也参与进去叽里咕鲁地说起来了，三个老总不懂日语，看了一会儿他们的表情，兴奋地对阿芸说："你翻译，他们是说世界杯的什么事情？"

于是，我和阿芸又一次卷入世界杯的话题，但这次我们不可以马上离开话题的中心，我听不懂日语，只好做起服务员的工作，一遍遍地为他们续着茶。阿芸一刻不停地为三个老总做翻译，他们语速很快，显得很激动的样子，埋怨阿芸翻译得太慢。而曾先生已经移位到两个日本人旁边，说到兴奋处还互相拍拍膀子。后来，几个男人居然站起来哈哈哈地握手了，握了这个又握那个，我问阿芸："他们这是做什么？"阿芸低声说："他们喜欢的是同一个球队，同一个球星，遇知己了。"

在饭局快结束的时候，两个日本人拿出合同，叽里咕鲁地对着阿芸说了一通。阿芸翻译给三个老总："小林先生说，为了今晚能好好地看球，就把合同签了吧!"谈判成功了，因为……世界杯!

次日，公司里又多了两个球迷，应该是两个伪球迷，就是我和阿芸。

我这个暗地里的文学青年，心怀叵测地盯着她的成功，为自己在伟大的日子里写不出伟大的诗篇而痛苦，觉得被这个世界抛弃了……

女诗人

听说集团公司某分公司某车间有个女诗人很活跃。想必她应该是活跃的，要是不活跃，不可能让整个公司七千多个员工都知道她。我知道有这样一个人的存在，但是我不知道她是谁，因为她一直用的是笔名，而我居然没有查问一下她是谁的兴趣。我也曾经在集团的内部刊物上看到过她的诗，一般是怀乡诗，也有励志的诗，也有爱情诗，当然，这些诗我都看得懂，就是因为看得懂，我就对其有点不以为然，因为，我信手翻看过一些人称之为“大家”的诗人写的诗，写得都是我几乎看不懂的诗。看不懂的似乎才更像诗一点，我是这样认为的。

她似乎是太活跃了点，公司大大小小的活动她几乎都赋诗唱赞歌，终于有一天，集团公司的企业文化部看中了她，让她做了编辑。她做了编辑之后，我们的公司刊物上就多了很多“清灵之气”，也就是说，除了管理文章之外，多了不少“感时花溅泪，恨别鸟惊心”的文章，和集团公司倡导的“温情管理”风格相吻合，似乎，因她的存在，整个集团的员工都像琼瑶剧的人物那样脱俗灵动似的，包括我。

我没来由地感到难为情。当然，我毫不留情地检索过自己的内心，反省自己是不是对她存在类似妒忌的心理。我偶尔也会在报纸杂志上发些文章，用的当然也是笔名，而且刻意地瞒着同事们不让他们知道，而她，只是在一个企业的内刊上，却如此这般地张扬着自己，正在把我的一些原则和底线彻底摧毁掉。她以内刊为基地，正疯狂地扩展她展示才华的地盘，但凡市里面有什么活动，其亦赋诗赞之，曾有电视台主持在台上气势磅礴地朗诵她的作品，她的作品在参加市里举办的大大小小的征文，并屡屡获奖。她经常闪闪发光地站在领奖台上。

当她升为企业文化部负责人的时候，我不得不面对她，与她沟通近来公司的企划案之类的。那时她已经是市作协会员，可以堂皇地称之为作家，经常参加作协和文联的各种会议和活动，被定义为新生代作家，和一些知名的或不够知名的作家们交往。从某种定义上说，她已经是个名人了。我不能否认，我确实很关注她，并且设想过，把她走的每一步加到我身上，我应该会怎样？也经常看着她的作品发呆，自从她和“大家”们交往之后，诗风也改变了，开始写那些让我看不懂的诗，并被“大家”们点评为天才之作。

我这个暗地里的文学青年，心怀叵测地盯着她的成功，为自己在伟大的日子里写不出伟大的诗篇而痛苦，觉得被这个世界抛弃了……我这样的人，也许，只能一辈子做个小职员，走不到人前去，走到人前去的，应该是她那样的人……她那样的人，脸上挂着成功者温和的微笑，对我说：“安妮啊，你也可以试着写点东西锻炼一下自己啊，不要怕自己写得不好，我会帮助你的。”

想到张先生工作如此细致认真，我们也许不应该埋怨每天午饭前后走上五六分钟，吃了饭不运动，也是会产生安全隐患的。

安全第一

那道到食堂的小门给封了起来，于是，我去吃午饭的时候，哦，错了，应该是我们大家去吃午饭的时候，得由大门出入，再绕着公司的围墙、顶着炎炎烈日或者冒着倾盆大雨步行五六分钟才能到达食堂，这样一来，午饭的乐趣便被剥夺了大半，所以，我们大家就封小门事件对行政部提出了抗议。

抗议是在部门会议上提出的，要求行政部主任张先生重新开启那道“食欲之门”，可是，张先生对我们的抗议say no。他故作神秘地问我们：“你知道我为什么要把那道门封了起来吗?”我们都很配合地摇了摇头。

那道门，本来是为了方便宿舍区的员工进入厂区而开的方便之门，时间就是金钱，只有一墙之隔的宿舍区和厂区，不开一道门进出，而要我们绕着围墙走上那么久时间，原因到底是什么呢？且听张先生道来。原来，张先生日前看报纸，有一篇报道上说，某个公司，突然无端跑进了一个小孩，而小孩子不小心在那个公司里摔了一跤骨折了，这个公司却要负上全部责任。张先生是个敬业的人，看到这样的报道，就想到了他的工作。我们公司里面，有些尚未有住房的双职工还住在宿舍区的家属楼里面，而那些双职工的孩子偶尔也会跑到厂区里面来玩耍，我们公司并没有规定职工不许带孩子进公司。我们公司的厂区号称花园式厂房，里面有个巨大的喷水池，这个喷水池，往往也只有在有客户参观或节庆的时候才开放。但是我们小心谨慎的张先生，在看了那篇报道之后，立马打了个报告给领导，要求填平那个喷水池，以解决安全隐患。张先生说的安全隐患就是生怕某一天，有个不懂事的小孩跑进了喷水池里面产生性命之忧

领导们对张先生的报告很重视，认为张先生想问题想得这么细心确实是工作出色之表现，所以首先肯定了张先生的工作，但是，填平那个喷水池一来不美观，二来又要耗费人力和物力，算起来不太经济，所以，领导要求张先生用别的方法解决这个安全隐患。

张先生的解决方法就是封了我们的路……为了杜绝百分之一个进入厂区玩耍的孩子，为了防范千分之一个进入喷水池的孩子，为了挽救万分之一个可能在齐膝深的喷水池里淹死的孩子，他理直气壮地堵掉了那道我们一星期有五天必须出入的门。

这两天世界杯，住双人宿舍的两个女孩子因为一个要看球赛，一个要休息而发生了口角，女孩子吵架应该算天经地义，吵架的时候哭一哭也是正常行为。但这个女孩子吵架事件，最后感冒发烧需要卧床休息的却是我们公司的一个保安员。知道为什么么？因为，张先生说，安全第一，生怕女孩子吵了架想不开，来个跳楼自杀什么的，张先生命令我们的保安员在走廊上守了一整夜。想到张先生工作如此细致认真，我们也许不应该埋怨每天午饭前后走上五六分钟，吃了饭不运动，也是会产生安全隐患的。

小静经常对她的客户说："您要是打我的手机不通，那一定是我在换电池的瞬间，您再打多一次就行了。"

公司配备

七年以来，小静从来没有关过手机，她总是备有两块电池，手机快没有电的时候及时换上。小静经常对她的客户说："您要是打我的手机不通，那一定是我在换电池的瞬间，您再打多一次就行了。"

七年以前，小静用的是寻呼机，那时候小静租住在一幢九层高的楼房里，没有电梯，也没有电话。她住的是九楼。公司给配的寻呼机，规定不能关机，并且有call必复。小静跟的客户，经常在晚上要找她催货，CALL机一响，小静就跑下九楼复机，在跑上跑下的过程中，小静稳定了她的第一批客户。

我和小静住在同一套房子里，我也有寻呼机，与小静不同的是，我的是中文寻呼，她的是数字寻呼，所以，她跑下楼的次数比我多一些，我经常在她跑下楼复机的时候，要她在楼下的小卖部买点零食带上来。

"润迅寻呼，一呼天下应"，这是润迅公司的广告，当年辉煌一时的润迅公司，现在似乎已经默默无闻。但是，我和小静不会忘记它，因为，它曾经在我们的生活中扮演了多么重要的角色。我也不知道为什么，公司居然给我配了个中文寻呼，而小静的却是数字寻呼，而且，很明显地，她的业务比我忙些，我做的是行政管理，下班后与外界打交道的机会很少。

我从来没有想过，因为我有一个中文寻呼，以及在小静下楼的时候请她代买雪糕之类的零食或日用品，这些原因导致了某一天小静关掉了她的寻呼机。事情总是会在自以为没事的时候发生。小静特意挑了一天她认为已经把手头的事情都完美处理好了，当天晚上应该不会有特别的事情找她，她关掉了寻呼机。她关掉寻呼机的原因是讨厌我总是在她去复机的时候让她代买东西，看起来她就像是我的跑腿。那天晚上她的寻呼机确实没有响过，所以那天晚上我没有吃上雪糕，但是小静却因此吃上了“蛋糕”，有个客户急着要修改正在生产的某一产品的细节，需要通知到小静，没想到当晚小静的寻呼机正在与我赌气。第二天上班的时候，小静的经理黑着脸在等小静，小静挨了一顿训，还要扣掉当月奖金，她从经理办公室出来直接来到了我的办公室，当着同事的面，“哗啦”把我桌上的文件扫到了地下。“你什么事都不用跟，就有个中文寻呼。天天要我给你当跑腿，你以为你是谁啊?”小静吼完，哭着跑走了。

我呆住了，小静说的这些话是我平时想都没有想过的，但从小静跑开的那瞬间我就开始想了，要是我是小静，我也会有她这样的感觉吗？我是无心的，无心就可以饶恕么？而且，公司的通讯工具是由我们这个部门发放配备的，我们部门的人员用的都是中文寻呼，难道这些都是应该的么？过几天后，我把中文寻呼机交给我部门的经理，希望她不着痕迹地把小静的那个机子给换过来，我确实觉得，她比我需要那个中文寻呼机。

公司将主要业务人员的寻呼机转换成手机的时候，我

已经是本部门的主管人员，手机的配备事项由我统筹。因为小静，我知道了怎样去做好分配上的细节工作。七年以来，小静换过好几部手机，但她从来没有关过机。

我有点儿省悟，阿军对付郑经理，比李莲英对待慈禧太后还要成功。

女上司

阿军每天都在办公大楼里跑上跑下，跑动的频率足以引起大家对他的注意。于是，就有人问阿军，你怎么这么忙呢？阿军就憨憨地笑，说："我们郑经理让我办点事。"后来，大家也不问阿军什么了，因为他的答案总是那么一句："我们郑经理让我办点事。"

谁都知道阿军有个女上司，郑经理是阿军的上司，所以，郑经理就是女的，是后勤部的经理。大家都很不理解，为什么郑经理总是让阿军跑腿，整个集团的电脑都连了网，还有内部网，信息通讯如此发达，非得让阿军跑来跑去么？但是阿军他说："我们郑经理，做事很仔细，非得让我把事情和人当面说了，看到人家的表情是知道领会了，她才放心。"

阿军似乎很听郑经理的话，传达起话来，总是以"我们郑经理"开头，所以，看到阿军进我们部门来，不等他开口，就先问他："你们郑经理说什么啦？"他又是憨憨一笑。有一次，我开玩笑地问阿军："你为什么怕你们的郑经理啊？"他讪讪地说："我们郑经理和我聊天的时候，总是聊她炒她属下鱿鱼的故事……"我听了阿军的话，恍然

大悟，原来要管住男下属的方法就是如此简单啊，郑经理她真有一套啊！

难道，管住男下属的方法只有威胁这一个么？带着这个疑问，我去拜访了郑经理，第一次去的时候，是下午临下班的时候，郑经理不在，阿军说，我们郑经理刚出去办事了。这个时候出去办事当然不会是什么公事。听了阿军的话，我更佩服郑经理了，他的属下居然还会给她圆场，站在她的那一边。要是我的下属啊，恨不得把我说得一无是处，恨不得将我置之于死地而痛快之。

第二天我终于找到了郑经理，我进去的时候，她正皱着眉头从房间的这一头走到那一头，再从房间的那一头走到这一头，似乎是在考虑什么国家大事。阿军则坐在他的位置上，眼睛随着郑经理转来转去，一副焦急的样子。阿军看到我，起来让座，问道："安妮啊，你有没有听说公司要把后勤方面的采购归到采购部了？"原来，郑经理皱眉思索的正是这件事啊，阿军说："我们郑经理考虎事情很慎重的，一个决定都要从门到窗再从窗到门走上十几个来回呢。"郑经理扭头啐了一下阿军说："你别贫嘴，我一会儿找总经理商量这件事情去，要是真归了采购部，你的主要工作就放到宿舍管理吧。"

我没有向郑经理取到经，因为郑经理要处理部门大事。那件大事很快就有了决定，后勤部的采购权果然归了采购部，阿军跑我们办公大楼的次数明显减少，但是，听说他也很少在宿舍区出现，最大的改变是，他那句"我们郑经理说了"口头禅不见了。后来，郑经理没有炒阿军，阿军却辞职了。

我有点儿省悟，阿军对付郑经理，比李莲英对待慈禧太后还要成功。我想，我坚决不能让我的属下变成李莲英型，宁可做个泼妇孙二娘，也好过当个耳根子软的傻太后。

领导是针对计划生育做的讲话，我领会到的意思是，要是户口不在你服务的地区，那就不要生孩子了。

户口不在服务区

公司里有两个员工的孩子到了上学的年龄，也就是说，有两个小孩要读小学一年级了。他们的户籍都不在本地，所以那两个职工的孩子们遇到了入学的难题。当然，事情不是不可以解决的，解决这个问题有几个方法，一是夫妻俩带着孩子回老家去；二是让小孩回老家去跟着爷爷奶奶或外公外婆过；三是在本地找个民办学校上学。

他们来找我，看我能不能帮忙解决孩子的入学问题的时候，我给了他们以上三个方法，前两个方法他们都否定了，说，回老家生计成问题，又不想让孩子离开自己身边。我说，那就第三个方法吧，找民办学校读。他们的脸上流露出为难，那些为外来工子女所办的民办学校条件之简陋众所周知，他们不想孩子上那样的学校，他俩帮我想了第四个方法："杨小姐，可否以公司的名义，帮我们向那些公立学校申请一下?"

可怜天下父母心，我无法拒绝做父母的要求。虽然我知道，此举难如上青天，甚于蜀道。我们公司从来没有和公立学校打过交道，我只好去找辖区内机关工作人员苏立，苏立是管宣传的，人面广。问及他，他果然认识区内

教办的人，心想，这事儿或许能有点眉目了。苏立带了我去教办，教办的工作人员热情地接待了我们，还给了我两张表，说填好表后再交他们去安排。我兴冲冲地将那两张表带回了公司，交到那两个家长的手里。我明显地看到了他们的快乐，于是我也快乐起来。

一个小时以后，两位家长就把表交给我了，又一个小时以后，我把表交到教办了。生怕夜长梦多啊，教办的工作人员依然热情地接收了我的表格，说等主任回来就请他批示。一连三天，我和那两位家长一起等着教办的消息，既热烈又忐忑。三天后，教办的电话来了，说他们填的暂住地址不属于这个辖区，他们不能予以解决。原来，这两个员工虽然在公司工作，但租住的地方却是在另一区，他们不明就里就填了现租住地的地址。我紧张了，说，可以改吗？改成住在公司宿舍就行了，就在你们辖区内了嘛。教办的工作人员嗫嚅道："主任都批了不行，改了再去批，那就是骗他了，我们担当不起啊……"

两个员工的子女终于没有上到公立学校，他们咬咬牙，把自己的孩子送到了一学期学费近四千元的民办学校，他们说，亏了自己也不能亏孩子。不久后，辖区内召开一个人口与计划生育的总结大会，坐在主席台上的某个领导讲了一个多小时的话，我记得最清楚的是以下一段："今年，辖区内的外来人口的出生数量统计为 1800 个，如果这些孩子要获得与本地孩子相同的义务教育权利，六个班，每班 50 人的标准小学得建六个，建一个学校费用以三千万计，近两亿啊！谁出钱？"

领导是针对计划生育做的讲话，我领会到的意思是，要是户口不在你服务的地区，那就不要生孩子了。